INK
文學叢書
053

布衣生活

劉靜娟◎著

目次

輯一 布衣生活

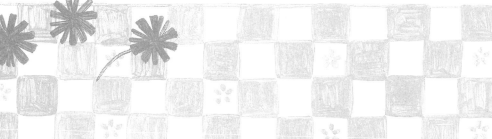

輯二　菜場女高音

輯三 和世界連上線

自序

穿棉布衣服，過尋常日子

劉靜娟

看到一家有木格窗子的咖啡館，喜歡它的優雅，想著哪一天進去坐坐；可下回經過，它不見了，讓人以爲只是一場夢。

看到日式老房子的水泥牆，有一大片樹根盤成的圖案，驚歎它渾然天成的美麗，想著下回記得來拍下它；可眞正記得帶相機去時，不僅牆和圖案不見，連房子也成爲「焦土」了。

這種時刻，有失落有惆悵。可是比起天道無常、人的脆弱，不過是小事。

因爲不時要面對大大小小的變化，人也變得「豁達」了？

校稿時，讀著〈但願這只是一部災難電影〉、〈空氣中已飄著茶葉香〉，和〈我這樣進入二十一世紀〉，想著九二一大地震和Y2K危機曾是很長時間的頭條新聞，如今回想，竟彷彿是很遙遠的事了。

不過，我還是選擇性地記憶著大地震期間人性的美，和台灣人面對生活的韌性。

有趣的是千禧年的狂亂，當時全世界歇斯底里，如臨大敵。政府除了一再聲明已做好國防、飛航、醫療等重大體系的防蟲和應變措施外，也要全國民眾到銀行補登存摺、領取現金備用、準備飲水食物電池；還有，「萬一全國性停電或公共事業中斷時，每個家庭成員應即刻返家。如交通受到影響，就前往最近的親戚家，並試著打電話通知家人；免得家人擔心。……」如此巨細靡遺，小百姓如我，也不免跟著染上Y2K症候群，尤其在千禧年的太陽即將跳出的前夕，一邊看《鐵達尼號》，一邊惶恐地要兒子幫我把電腦裡的作品複製到磁碟上；元旦那天，更不敢開機，一字一字手寫文章。而結果呢，幾乎所有預期的危機都沒有發生，竟讓人有點洩氣。

幸好生活中這麼「嚴重」的情況不多。布衣，不是將相公卿被貶謫，本來就是庶民，愛穿棉布衣服，過簡單的、尋常的日子。尋常日子有尋常的快樂。學會上網、會以 e-mail 通信，就得意洋洋，以爲自己跟上了世界潮流；散步，看那些季節一到就認眞開花的欒樹、木棉、杜鵑，知道世界再變，大自然還是穩穩地順著時序運轉。還有，聽計程車駕駛談生死觀和他「好得恐怖」的妻子；和朋友喝茶聊兒女的「毒舌」妙語，或消遣彼此的忘性；看傳統市場菜販手腳利落地稱青菜，講一些小有哲學意味的話；出國旅遊，看風景、看超市裡超大的起士和品類繁多的橄欖醃製品，也看不同民族的個性；讀白紙黑字的文學名著，偶爾用宣紙手寫一封信給遠方的朋友；把藏著數十年歲月的梳妝檯和樟木箱子拿來做有「新意」的使用……。這些都讓人過得安心，讓人寫得歡喜。

雖然或許有些天眞，但我一直相信，用最單純的本性面對世界，日子會過得比較快樂，對於人性也比較有信心。

二〇〇四年四月於台北

【輯一】

布衣生活

你以為你還十八歲？

什麼都好

有人在服役期間善用時間讀書，爲考研究所做準備；但兒子的工作不輕鬆，根本沒有多餘的時間讀書。退伍前一個月，他終於下定決心暫不考研究所，先做做事。我說好。

可是做什麼呢，工作不好找。他說去考記者，我說好：跑新聞可以見見世面，訓練膽識，與他所學的也不至於相距太遠。不過，畢業季節，又正好有一波「官兵」由軍中退伍，只怕不好考。他說去應徵公關或企畫，我說好，雖然他也不明白那和他所學的有什麼相干。

他說附近有家麵包店招學徒，去應徵好不好？我說好啊，以後說不定成爲一個大企業家，開連鎖店。他說把勞力工作當做運動，省下腦筋下班時間就可以看自己要看的書。我說對，有個親戚高中畢業後到維也納學做西點，現在在奧地利開了一家很大的飯店……，母子倆越說越投機越像一回事，兒子卻打斷了我，「媽，你眞胡鬧。」

想想也是，好像他說什麼我都說好。這表示我有「新觀念」，接受各種可能；也表示我很浪漫，相信什麼工作都可以學到很多東西，可以做出一番局面。

後來他務實地去參加記者筆試，發現眞眞大不易——書面甄選後尚有近千人參加筆試，考場在某大學，儼然大專聯考；錄取率卻低得多，只取六、七十名。他的筆試通過了，口試後待放榜時間漫長，去應徵了兩家公司，回來說：「考什麼企業管理，太專業了。而且眞欠打的，哪壺不開提哪壺：考電腦和英文。」

電腦他退伍後看書自修、操作，基本常識及中文輸入，尚堪應付；英文呢，本來基礎不錯的，大學幾年卻完全忽視了它，還說，「語言只是工具，不是研究學問的人的要務。」所以眞要實用時就技窮了。

還好，記者他考上了。他說其實也不是那麼想做記者，但如果考不上，對自己會有「信心危機」。我也有同樣的想法，考上了總還有個選擇，要做不做都可以。

萬一你不小心叫一聲媽

聽我說到這兒，同樣有個剛退伍、賦閒在家的兒子的M，也說起她與兒子之間的「互動」，她說：

他反正閒著，我們也不希望他去找個毫無興趣的工作，遂鼓勵他不妨去某美語班練練英語。那美語班是會員制，什麼時間去上、愛上多少堂，悉聽尊便。但我正在那兒上課，所以這可有了一個嚴重的問題。我告訴他我們不可以一起上課，因爲「同學們」多是年輕我一大截的孩子，我在那兒有基本的虛榮心，不刻意暴露（或者說小心地隱瞞）自己的年齡與身分，「如果跟你一起上課，我一定什麼也不敢說了，你也會彆扭。萬一你不小心叫一聲媽，不是很糟糕嗎？而且雖然同學不是固定的，多少總有一些常在一起上課，聽我吹噓過我的兒子，到時眞人出現，也許你不符他們的想像呢。」這種或然率太大了，母親說兒女還有不重點誇大的嗎？一旦給了人家機會把「傳說」與事實比對，就不免心虛起來了。

「你吹噓過我的英文能力嗎？」「沒有。」「那就沒有關係啦。」言下之意，除了英文，他什麼都禁得起老媽的吹噓了。

他頗能領會我的心理，後來我說可以幫他報名時，他說：「你要告訴人家你不是我的媽喔。」說得我也大笑。

同在一個地方上課眞是很有趣的經驗，我下午上，他則在傍晚。出門前我對他說：「學弟再見。」剛去上課時，他請教我一些細節及美語班某些供學員使用的設施，讓我偷偷地重拾他小時候教他的樂趣。這樣的指教雖是雕蟲小技，總聊勝於無。

從此，我們多了一些共同的話題，比方品評哪位老師的教法比較好、哪位老師的常識讓人驚羨之類。如果當天兩人上的是同一個程度的，便可能是同一位老師，我們還可以互相「切磋」比對，差可比擬爲同堂上課了。

我口說的程度比他的好，但他因爲有比較豐富的常識和清楚的邏輯思考，領會的程度略勝我幾許。有一天課文談的是末代皇帝溥儀被迫下台後，國府爲了躲避入侵的日本人，把故宮中的寶物裝箱，在戰亂中輾轉運到台灣來的歷史。那天吃晚飯時，兒子大力嘆氣，「氣得，」這兩個字他是用台語說的，表示極端的無奈，「氣得，今天那些比我會講英語的人居然講什麼溥儀下台時義和團、八國聯軍、慈禧如何如何！溥儀下台時已是民國的事了，他們眞能瞎扯。我不會講，氣得我……」「那你就趕快說No、No、No啊。你不是說有一次談到百慕達三角，老師問你們誰知道它的地理位置，沒有人說得出來；你不會講，乾脆上去畫地圖嗎？」我平靜地說，其實幾乎背脊發涼。過兩秒鐘，只好爆笑著招認，下午上課時我就是和一二同學合力中翻英，胡亂拼湊義和團、八國聯軍那些名詞來告訴那位英國老師的。那對中國歷史幾乎一片空白的老師問起八國聯軍是哪八國時，大家七嘴八舌，我還特地說：「包括貴大英帝國在內啊。」

天馬行空，也談到林則徐燒鴉片引發戰爭的歷史。

同學中不乏程度相當好的，不少人已申請到了國外大學的碩士班，臨出國前來加強英文能力；可是我們的「背多分」教育對考試有幫助，一旦考完也忘得差不多了。有一個英文很高強、即將去某常春藤大學讀企管的男孩，就曾很不好意思地說來上課後才從一位加拿大老師那兒吸收了不少有關台灣的常識——包括宗教信仰和客家文化……。兒子上的那一堂課，同學們的論調和我上課時的一樣，說不定正是有人下午糊裡糊塗受了我的「教」，晚上便把才吸收的常識拿出來賣；而被誤導了的英國老師，也同聲附和？

體會到這點，M說她怎能不背脊發涼？

你以為你還十八歲？

K的兒子比較小，還在讀大學。聽我和M講兒子講得「口角春風」，說她昨天晚上才好好地生了兒子一頓氣。

昨晚她叫兒子開車到某一個地方去接她，也不過比預定時間晚了一刻鐘出來，兒子居然就不高興地教訓她：「媽，你以爲你還是十八歲、可以故意遲到讓男朋友等你的小姑娘嗎？」

我們大笑，K卻說她氣得不得了，車上一路臭著臉，什麼話也不說；心中回想著小時候的兒子是多麼地甜蜜。

「他小時候非常細心貼心，我到後面陽台洗衣服，他執意用他的小車幫我『載』衣服；去買菜，他的小手握住菜籃，說讓我不必提那麼重——其實他那麼拽著，更重，但誠心可感。六、七歲的時候，我生日，他把撲滿裡所有的鈔票和零角拿出來，說給媽媽買首飾。我們手牽手去首飾店，他看上了一個紅寶石戒指，還有小碎鑽呢，說買這個給我。我當然不忍心花掉他所有的錢，何況錢也不夠；跟他說媽媽也喜歡顏色很漂亮的蜂蜜香皂，所以就買了一個香皂。那年頭這樣一個香皂也很稀奇的，我用了很久，心中也香了很久。……

「我兒子小時候長得很可愛很漂亮，他不愛上學。有一天逃學，我責備他，他說，今天天氣這麼好，我心裡有個聲音對我說，坐在教室裡有什麼意思，爲什麼不出去玩呢，所以就揹著書包往郊區走了。這話說得好有哲學味道，我當時也覺得他所言甚是。……就是他上國中後，我們也很親密，有一陣子他放學後就到我辦公室旁邊一家牛排店吃飯，在附近書店消磨時間；等我下班了，母子手牽手走好長一段路回家，一路上有說不完的話。」

說到往事，K 一再用 sweet 來形容兒子。

但是想到昨晚，她又來氣，「不過讓他多等了十五分鐘，他就那個樣子。回到家我繼續臭著臉，他還對我說：媽，你這個人不僅沒有幽默感，還不聽人家的指正。你說這樣的兒子惡劣不惡劣？」

不惡劣，因爲後來兒子就討好地對她說某報有一篇評論某政治人物的文章，她應該看看，有助於她的寫作。

「可見你只要對兒子稍微臭一下臉，他就巴結你了。」

「不只是臭一下臉，應該給他一頓棍子。不過對付我們家那老小三個，我有一個絕招，只要不理不睬，即使迎面走來，也當沒有看見那樣，他們就受不了。兒子女兒都曾跟我討饒，希望我不要把他們當空氣。他們什麼話都要跟我講，我不理他們，有話對誰傾訴啊？可是有時講出口的話卻要把我氣死。叫兒子準備準備，去參加高普考，他卻一本正經地說：考什麼高普考？媽，告訴你，世界末日快到了。」

我們笑著說男孩子比較「毒舌」，有時講出的話是很無情很「酷」。K 卻說女兒的嘴巴也很壞，「她愛消遣我胖，看到我有換衣服的動作了，就對家中的狗兒說：快，快去看媽媽展示肉品。」而有時喊她「大美女」，有時則是「老巫婆」。「有一回我們去超市買雜貨，出來時她手提兩大包東西，我拎著一隻掃把。女兒大聲說：媽，我開車回去，你自己騎掃把回去吧。旁邊的人都跟著笑。」

那天我們在一家桌上有花、過道上有更多花的西餐廳喝下午茶，在花香中蛋糕香中享受浮生半日閒。三個女人都有工作，不免談及工作上的壓力、無力感，以及社會八卦、政壇上的亂象等等。後來我說談點有趣的吧，三言兩語之後就講到兒女。

說說笑笑之後，我們的結論是：現在有不少「頂客族」享受沒有責任一身輕的「自由」，可我們卻覺得有孩子其實很好。有氣，有責任，但是種種負荷卻也爲人生添加很多佐料和色彩——正確地說，你的「分身」成爲主體，建構了你的人生。

也好像過道上眾多的花，有點影響行走，但是增加很多美麗與浪漫。

一九九八年七月二十三日，中華日報副刊

忘

和媽媽電話聊天，她問我家中的兩隻烏龜好不好？好啊。這麼多年沒看到牠們，是不是像臉盆那麼大了？她是誇大，我說大約我兩個巴掌大吧。她評論曰：「烏龜好養，菜頭菜尾給牠們吃就可以了。」

菜頭菜尾？哪有那麼多菜頭菜尾，我不是暴殄天物的那種主婦。何況龜池裡可不能有油膩。

媽說：「我說的是揀菜時不要的菜頭菜尾。」

我一楞，天啊，不知有多少年我竟然只「請裁」餵牠們鍋底的飯粒或狗挑嘴吃剩的乾糧，讓牠們當三等國民，有一頓沒一頓的；忘了牠們是可以吃青菜、也該吃青菜的。

給媽這一提醒，當天我把掐掉的空心菜梗子扔進龜池，兩隻龜卡嗤卡嗤吃得好高興。而那聲音，眞是好聽呢。手握菜梗子，讓牠們來啃，更有成就感。

想不到這麼多年我竟暴殄天物地把烏龜的「健康食品」扔了。我爲自己的「沒頭神」訝異，然後想到不久前另一個讓自己耿耿於懷的事。

在美國拍的照片有幾張是舊金山漁人碼頭的街頭藝人：一個銀色的黑人。除了風衣和鞋子是亮閃閃的銀色外，他全部暴露在外面的皮膚也塗成銀灰色，站在銀色木箱上的他做的是機器人的表演。那樣神似的、幾乎聽到機器「關節」發出聲音的動作教人忍俊不住；「太空漫步」的舞姿又那麼「流暢」柔媚。逗趣的是有人把賞錢投入他銀色的風衣口袋，他以兩隻手指小心「夾」起偷窺一眼，然後做一個噤聲的手勢。我旁邊一個老美笑著說他是覺得錢少、不好意思聲張，另一個卻說他是教我們不要讓國稅局知道他拿了多少錢。

在有不少街頭遊民要求施捨或撿人家丟棄的食物的地方，看到「銀色機器人」如此賣力地表演，又演得這麼好，我很有興味地看了好久，拍了幾張照，也給了賞錢。可是圍觀的人多，我不好意思靠太近去拍，很有些遺憾相機沒有長鏡頭。

丈夫看著這些照片，可惜我怎麼不用長鏡頭拍？說如果拍特寫鏡頭，效果會很好。

「我帶的相機沒有 zoom 。」

丈夫奇怪地看看我，把那台奧林帕斯相機拿出來，讓我對著觀景窗看，然後按一個「鈕」，只聽鏡頭切切有聲地伸縮轉動，眼中的風景隨之拉近、推遠。

「你不是第一次用這台相機啊。」

我一時驚嚇住了！它是一九九六年我去義大利前兒子特為買來給我用的，第一次檢驗成果，兒子對它的性能很滿意，說它很「銳利」，米蘭教堂外牆上的雕塑層次分明，在西西里島西拉庫薩的露天古劇場用長鏡頭拍的表演也很有味道；他也連帶慷慨地稱讚我的技術和拍攝角度。即使去年去希臘，我不是也用長鏡頭拍雅典衛城的幾座神廟？和同伴們的照片做比較後，我還得意地說，好壞是比出來的，我的相機高明多了——不好意思說我的取材角度高明。

距上次使用才不過八個月，我竟把它當做一般的傻瓜相機，根本忘了它 28-110mm 的長鏡頭功能！因此也錯失了一些可以拍得比較好的照片。

我不能不為自己的「糊塗」大驚失色。糊塗是說得輕鬆，心中更在意的是自己的「失憶」、「失智」。

是老了嗎？

是老了。朋友說，然後也說自己最近發生的兩件糗事。

經過一家賣零食的店，一時興起進去買了一包陳皮梅，一百元，掏錢付帳後轉頭要走，店員卻說：「錢呢？」她指指櫃檯，卻發現放在櫃上的是小皮夾，而原先掏出來的百元鈔，她已收回皮包裡，妥妥貼貼地放在原該皮夾歸位的地方。

還有一次，去傳統市場，循一向買菜的慣例先在雞肉攤位買了雞腿和翅膀，三百八十元。拿到一百二十元的找錢時，她有些疑惑，對那年輕漂亮的雞肉販小姐說她應該是拿千元鈔給她的；那小姐也一臉疑惑，問她：「你確定是拿千元的嗎？」「是的，我每次上菜場都是帶兩張千元鈔；現在我皮包裡只剩一張了。」多年的主顧，兩方都有足夠的信任，所以肉販又給她一張五百元鈔。可是過一會兒，肉販卻追到下一個攤位，跟她說她看了看抽屜，回想了今日才做的幾筆生意，確定她剛才收下的是五百元。既然人家那麼肯定，她便把那張五百元鈔還了。那天接下來的買菜過程，她想破腦袋也想不出自己另一張千元鈔哪兒去了。直到回到家看到皮包中一張清潔費收據，才想到上菜場前正好在公寓大門口碰到打掃樓梯的工人，付了這個月的清潔費。千元鈔就是給他找開的！「丟臉丟到家，有好久我簡直不敢去菜場了。」

和同輩朋友談起來，幾乎人人爲自己的健忘、記性大不如前而緊張焦慮。不過有時我會不服氣地問自己，我有義務記住生活中的那麼多事情嗎？再說，我們年輕時不也常做一些糊塗事情？那時候大家對自己對朋友都信心十足，只視之爲「心不在焉」、「糊裡糊塗」，有人還可以得到寵暱的封號「小迷糊」；現在我們的記性自然沒有年輕時好，可也不要把所有的糊塗歸之於「老」、自己嚇自己吧？不少比我年紀輕得多的朋友可比我健忘糊塗呢。我們只是在「老」的臨界點，神經過敏地把某些生活失誤放大、並定位於「老」而已。這是反應過度。

朋友說對啊對啊，兩年前她去上美語會話，課程是到達時才拿的兩張講義，每次她去得晚，只能草草讀一遍；但老師問起問題，那些比她年輕很多很多、英文程度不比她差、甚至上課前早早去讀了講義查好生字的同學，記得的內容卻並不比她的多。「她們還佩服我記性好呢。」

我也想到三四年前，我託一個經常因公去金門的朋友幫忙帶東西去給我在那兒服役的外甥，她叫我第二天上班前拿去給她。我如約把妹妹交給我的小包帶去，她見到我，卻以台語說：「你今哪日哪也這呢罕走？」罕走，難得光臨的意思。多年的朋友，她難道不知我絕對絕對不會無事到她的辦公室？我驚訝地展示手上寫了外甥名字和駐守單位的小包，她看了看，竟然還涼涼地說：「這是幹什麼？」我的驚訝加倍，叫起來：「不是你叫我今天拿來的嗎？」她這才恍然大悟。這在我的經驗中可視爲「經典之忘」了，虧她前一天還好意問我要不要她託人找個理由讓我外甥離開部隊出來「自由」一天呢。

當時我可沒有把這個和我年齡相當的朋友的「異常行爲」視之爲「老」，而只是糊塗、「沒頭神」。一向極自信、絕不認爲自己與「老」已搭上邊的她也毫無愧色，只笑著說：「唉，每天事情多，腦筋不夠用。」

我把這段故事說給那在菜場要人多找五百的朋友聽。她愣了一下，好像忽然明白了自己「忘」的源頭，說，「沒錯啊，尤其像我們做新聞工作的人，每天要讀那麼多報紙，心繫國家大事，生活中一些雞毛蒜皮小事糊塗也是應該的。」我說：「是啊，我媽媽就是因爲日子過得單純，才會想到烏龜可以吃菜頭菜尾，她的年紀可是比我大很多的。」「眞的？我差點『忘』了令堂比你老呢。」

一九九九年十月十五日，中央日報副刊

對著瓦斯爐多雷米

她每天上班前一定對瓦斯爐做最後的巡禮，嘴裡念著一二三四、四三二一，手指同時對著開關「鈕」來回兩趟點數著。必須擔心沒有關好的鈕，其實只有瓦斯爐上兩個和「源頭」一個；但她還是對著源頭處比畫兩下，確定兩個瓦斯出口是八字形而不是未關好的平行——其中一個一直是密封著的，不曾使用。

走到門口準備鎖門了，又不放心地走回廚房，再一二三四一回。爲了讓自己更放心，她把抹布攤開平鋪在調理台上，當做一種繩結紀事。站在門口看得到抹布，便多一層保障。這樣還不夠，後來她不是說一二三四，而是唱多雷米發、發米雷多。這樣，即使走出門了，耳中尚有餘音繚繞，更可以篤定瓦斯沒問題。不過有時不敢肯定那是當下的「餘音」還是「舊檔案」裡的，鎖了門後「不怕一萬只怕萬一」，再開鎖進去唱一次。

她不是唯一神經質的，幾個朋友也各有各的「一套」：

她，每次出門，念口訣般說著「皮夾鑰匙車票（零錢）」。去領錢存錢，要確定存摺、印章、錢已收拾妥貼，也一次又一次地默念檢查；已放到皮包中了，還會「探頭」看看或再掏出來看。如果是把錢放在信封裡，比如現金袋或紅封套，也少不得用手指捏著數幾回，就恐多了少了或它們忽然長了翅膀飛了。

有一回她在郵局附近遠遠看到女兒從取款機領了錢出來，邊走邊埋頭探看皮包時，不知是悲是喜，只有苦笑。

她，每次寫稿，桌上除了筆、稿紙、茶之外，還要有溫度計；因爲每隔一陣子就得量一下自己的體溫。一感到有什麼「不對勁」，馬上祭出自己的祕方——猛喝檸檬茶、塗綠油精等等。如果要請客，一個星期前她開始夜夜失眠，計畫著菜單餐具。出國旅行，惟恐 morning call 叫不醒，早早就醒來等著；左等不到右等不到，就懷疑錶出了問題……。

另一個她卻是很依賴醫生的人，因爲對自己的健康缺少信心，時時擔心著自己得了什麼絕症；每次醫生否決了她的判斷，高興一下子卻又想著會不會到底非關他的生命所以醫生大而化之？或心存好意故意淡化？有一天看了電視，打電話給醫生，說懷疑自己害的是胰臟的毛病，醫生冷冷地說：「我知道，剛才我也看了那個醫學節目！」

她，每次出國前例行爲自己的辦公室抽屜做一次清理，把該丟的丟掉，把私人的東西帶回家；她不希望萬一怎樣的時候，一切沒有章法。家裡的事也會做得周齊，包括錢的處理。好在對飛機的恐懼在上了航空器後就消失了；反正人已在其上，只好自己的命運交在別人的手中了。後來她心有戚戚地知道有個同事出國前會寄一封信給自己，其中說的正是萬一自己發生意外時的交代。

一位文壇大家，已年過七十，卻仍像年輕時一樣，每到秋天便覺得悲傷。她持續每日爲自己的狀況做記錄，身上一有小毛病，便認爲是大病來臨的徵兆；曾有一日之中，以同樣血液跑兩三家化驗所，和半夜三更打電話給醫生，甚至直闖醫生的家，把醫生呼喚起床看病的紀錄。她笑自己是神經病，卻已儼然成了朋友間的醫學顧問；可以從你的症狀推斷你這是青光眼、痛風、糖尿病、視網膜病變還是骨質疏鬆，然後介紹你去看某某權威醫生。

還有穿褲襪會暈車的，還理直氣壯地說因爲它影響了血液循環。

……

上面提到的都是女的，而且是寫文章的，本來就比較神經質。

但我也聽說過一個男人每日鎖好辦公桌的抽屜後，一定不確定地一再拉它。鎖匙禁不起每日嚴苛的考驗，有一天終於「成功」地給他拉壞了！更糟糕的是有一回他的同事明明看他鎖好桌子走出去了，不知他又回來檢查，竟然把辦公室的門鎖上了！他在裡邊硬是等了三個小時才連絡到同事來開門放他出來。那天是周末，萬一連絡不到，他就得在辦公室中待兩個夜晚了。

不瞞你說，朋友們的毛病我加減有一點。事實上，我是那個每日對著瓦斯爐唱多雷米的人。每次神裡神經、來來回回地重複同樣的「儀式」，就想著自己好像是什麼部落裡的巫師，喃喃念咒，只差沒有手舞足蹈了。還會聯想到一個眞實故事：有個人因爲過度謹愼，一再掏出信封中的重要文件查看，結果卻送出一個空封套而毀了前程。

不過也沒那麼嚴重啦，生活中的神經質通常不至於造成什麼災難；「神經大條」的人出錯的機會也許還更多呢。

二〇〇〇年四月七日，人間福報

布衣生活

白飯

十個人開會，吃便當。菜很好，沒有油炸的食品，菜式也多。只是每人一大杯白飯，顯然無法吃完。有人提議分著吃，完整的可以留下來，「免得浪費。」

有人無奈地說：「可是誰願拿回去呢？這已經無可避免的是浪費的時代了。」

「還是可以盡自己的力量減少浪費的。我可以帶回去。」一個人這麼說了之後，另一個說她丈夫愛吃蛋炒飯，也可以帶兩杯回去。

好可愛，一向大家在外頭吃飯，吃不完的菜打包雖已成共識，但有時也會嫌麻煩，何況是白飯？第一次有人想到把白飯帶回去，在我看來該得創意獎了。

我們這一代還保存著不暴殄天物的性格，兒子卻曾兩次不耐煩地說：「這麼一點剩菜你都捨不得倒掉，那你看到我們在軍中一大桶一大桶地倒怎麼辦？」

我在外面吃酒席時，自然也知道大盤大盤的菜餚撤走後，身分馬上變成「廚餘」。但我比較願意揣想它們還有用處，比方成爲豬的食物；軍中倒掉的食物應也尚有利用價值吧？至少可以餵軍營裡眾多流浪狗。而在家中倒了就倒了，只是「垃圾」。

兒子說每天看軍中那般「大手筆」，再看我省的不過是一小碗食物，簡直弄得他要「價值混亂」、「精神分裂」了。我只能說這不是多少的問題，而是觀念問題。而且家庭中的食物，是最容易保持新鮮、最容易不浪費的。觀念饒是如此正確，卻沒有影響他。有一次，一條只上過一次餐桌的紅燒魚隔一天再端出來時，他叫：「吃這麼多天，這條魚還在！都要進化成兩棲類了。」

電纜桌子

年輕女孩告訴我她在住家附近撿了一個電纜線大木軸，興高采烈地「滾」回家；上面用舊床單鋪平，用剩的窗帘布車一條有荷葉邊的桌布裝飾，再花四十塊錢買一面透明塑膠墊鋪上，就成了一張很棒的咖啡桌了。來跟她學琴的孩子、陪著來的家長都喜歡在那兒看書，她自己也喜歡和家人在那兒寫字、聊天，快樂得不得了。她叫我去她家玩，重點也是它，「看到它，你會有很多寫作的靈感。一張漂亮的咖啡桌，才花四十塊！」

我看著她歡悅的臉，「你自己已享受到創作的快樂了。」

我羨慕她。前不久已有朋友告訴我電纜木軸的妙用，建議我為鄉下的新家添個桌子，「你們那邊新社區，一定可以撿到。」

聽起來好浪漫，我每次去新家，也果眞認眞東張西望，可是不曾看到；倒是去同一個社區的秋芳家看到一個。

她的房子兩層樓，底下一層完全沒有隔間，鋪原木地板，開闊的空間伸展到陽台。陽台有很好的景觀，視野所及是一大片山林，和點綴在群樹中的幾個紅瓦屋頂。

爲了不辜負這樣的好風景，她在陽台上擺了一張電纜「餐桌」，兩把椅子；早上在這兒吃早餐，晚上在這兒吹風、聊天。而爲了保存原始風味，也爲了和外面的風景呼應，那桌子完全未加裝飾。

看起來很美，聽得我也要流口水。她屋子裡有一些骨董家具，牆上又處處是她在一張前身是大會議桌上寫的或在地板上「狂掃」的大格局書法，配上外面的風景和一張樸拙的廢物利用的餐桌，人文風味十足。

布衣

在一家小服飾店裡，被一件有金色花卉的上衣吸引。問店員，是手繪的嗎？她說是。摸摸另一件飄逸的洋裝，問她是棉布的嗎？她自豪地：

「我們店裡的衣服全是棉質的。夏天穿棉布衣舒服，脾氣好。」

「脾氣好？」一向只知棉布衣服吸汗透氣舒服，最合自然；但，脾氣好？

「對啊，穿棉布衣服，不會悶騷，脾氣當然好。」

不會悶騷，我又一惑。不過馬上意會到她的意思是不會悶「燒」。

我一直喜歡棉布衣服，喜歡它的樸拙自然實用，今天卻是第一次由店員的話裡對它的「性格」多一分體悟。

沒錯，棉布衣服，尤其胚布做的衣服，夏天穿起來最舒適。

大約十年前我曾有一陣子自己染胚布、做衣服的熱潮，現在還在穿的有兩件。其中那件沒有染色的，第一次穿它時有朋友揶揄我穿「濾豆漿的布」，還有一個說如果我在上面畫上中、美兩面國旗和一雙相握的手，「就更像了。」——像四十年前的少年穿的美援麵粉袋做的衣服。

這樣的「讚美」好像爲它添加了價値，我穿得更自在。它的顏色越洗越好，幾次出國旅行也穿得「不卑不亢」。半長袖，在長程飛機上可以擋風涼，也小有睡衣的功能。在太陽底下，它可以阻隔陽光，又不會悶。

它最風光的一次旅行是在義大利西西里島，胚布上衣搭配多年前在印度買的一條褐黃繡同色大花的布長裙，再戴一條在尼泊爾跟西藏少年買的犛牛骨雕項鍊（有時是一條褐黃絲巾），很是自然本色；穿戴著它們走在西拉庫薩的露天大劇場，或阿格里珍托的神殿谷，都使我「躊躇滿志」呢。叫做「神殿谷」，因爲這座山上有好幾座古希臘神廟廢墟，連一棵橄欖樹都有千年歲月。我們去看的神廟包括康柯爾、裘諾、裘比特、大力士賀克利斯等。土黃巨岩巨石柱，以及傾圮、躺臥在地上的巨人，厚重威嚴又柔情，訴說著希臘諸神的故事和希臘的精緻文化。閒閒行走其間，我注意到自己的衣服與背景非常調和，是一個站在黃土地上小小的大地子民。甚至可以遐想自己是生存在古希臘的一個女子了。後來照片洗出來，果然是那回旅行幾捲照片中最好看的一部分。我把它歸功於一身布質衣服。

一九九八年八月三日，聯合報副刊

樟木箱子

朋友聽到我興奮地說著一些生活小事，說我現在是個慕箱族。慕箱族？還是木箱族？當時沒有問清楚，反正都是好詞。

四、五年前，我原已有一個樟木箱，母親的嫁妝，快七十年的歷史了。另一個，哥哥放在儲藏室裡，獨嘗多年未被重視的寂寞；我跟他要了來，也送到楊梅的家，讓兩個原本成雙作對的木箱團圓。兩個相疊的木箱上我擺一小塊格子棉布，如此陽春，如此樸拙，卻非常貞靜美麗，成爲朋友來玩就要特地指點人家欣賞的風景。而我獨自對著它們閒閒相望時，還會很文學地想著母親對我們一再重播的她的故事。其中有青春少艾的精采細節，卻更多現實生活的坎坷。它們多少也裝在兩口箱子裡吧？

去年十一月底，八十八歲的老師因爲有時到大陸有時要到美國，員林舊居必須處理，希望家中的東西我有用。他跟我說二十年前就對我說過他的兒女對文史哲沒興趣，以後他的書要給我。這話我也記得的。

我陪他去整理，有些書我帶走，有些書幫他裝箱送給圖書館。家具，我只看上兩個木箱子。很舊了，但能拿走也讓老師高興。很多東西我都勸他丟，包括書。他無奈地看著我「闊氣地」扔，在一旁咳聲嘆氣，蓄積在眼裡的淚都快流下來了。我要木箱他自然很高興，希望連裡邊的衣服和料子也拿走。那是已過世的師母的，有些來自大陸，小有歷史，可都是我用不上的。這些年我已很知道捨，生活越過越簡單。

我妹妹無師自通，所有木質老東西（還不叫骨董）經她細心地打磨、上平光漆，一道又一道手續後，便成爲很有歲月味道的好東西。我們小時候用過的檜木書桌、整片苦楝木的圓形餐桌以及和式桌，經過她的「維修」，都已成爲楊梅家的「觀光景點」。

老師的兩個木箱帶回台北後，自然也靠她一展身手。

兩個木箱一個很大，只要靠牆擺，上面鋪兩個座墊就可以當長椅坐了。我初初和它打照面時的念頭是：「哇，好棒，好像裝戲服的。」記憶中演野台戲的歌仔戲團用的就是這種大型戲服箱。它的鎖扣雖然不是銅的，可是一個一個又大又厚實，很有味道。鄰家女孩看到這麼一個大箱，又另有驚嘆，說它好像海盜裝珠寶的。

它是老師到台灣時購置的，打開箱面，裡邊毛筆字寫著「民國四十四年中華商場」，還有價錢，一百四十五元。

另一個較小，老師從福建帶到香港再帶到台灣。妹妹「施工」時發現它竟然不是木頭，是紙漿做的。有一年我在印度喀什米爾看過紙漿盒子的製作過程，那可比木材的更繁複麻煩了。不是木頭，不能打磨不能上漆，磨損的部分只好以黑色鞋油上色。不過它的鎖扣是銅的，花樣古雅，擦拭後光燦美麗。最讓我驚訝的是鎖扣左下方箱面居然貼著一張紙條，上面的毛筆字很淡了，卻可以看出是台灣的地址，旁邊貼的香港郵票，英國女王頭。一個箱子，從香港這麼郵寄到台灣來。無法撕也不想撕，那箱子保留了這樣的背景故事。

兩個箱子整頓過後也送到楊梅，大的那個我給它鋪一塊紅底綠葉的桌布，喜氣洋洋，很有民俗風味。一個很愛骨董家具的鄰人建議我把它擺在朝南的長窗邊，上面擺小盆花草。另一個朋友則說她給自己的樟木箱擺花布，上面放筆墨硯台，古色古香，一日看三回也不厭倦。

原來被漠視、鋪著灰塵的老箱子重見天日後可以如此又民俗又文化！

在忙於愛這四個大小箱子時，我才想起台北家中也有一個被束之高閣的木箱。那是婆婆的。我結婚時，它就在我們房裡，裝的是丈夫一些很少穿的衣服。後來三度搬家，「壓箱」的也是他幾件過時卻捨不得扔的西裝、外套。因爲高高放在吊櫥上，簡直已忘了它的存在。

拿下來，把衣服投入公園裡的舊衣回收箱，希望它們可以找到新主人。木箱打磨，把銅鎖擦亮，又多一個歡喜。然後想到樟木箱嫁妝都是兩個結伴，形影相隨；問婆婆和小叔，才知道那另一個在舊家拆除時被送到鄉下，幾天前小叔去，看到，帶回去了。有人識貨，用得到，太好了。不過只要早幾天想到，它不就可以和我家中這個樟木箱重逢相聚話天寶舊事了嗎？「失散」三十年，相對默默也很好吧？

如今它是台北的家唯一的、孤獨的木箱。不過，每日我進出兒子的房間都會面對它，裡邊又存著一些兒子的溫暖毛衣和我可能會拿來做「手工藝品」的棉布，想必它也該爲自己能脫離寂寞吊櫥、存在價值提升而大爲慶幸了。

一九九九年八月二十五日，聯合報副刊

名字

莎士比亞說玫瑰不叫玫瑰，還是香的。

可是如果她叫個俗氣或帶有「臭」味的名字？本身的香味是一樣的，但是人在聞她時，潛意識裡那香氣會羼雜著別的味道吧？既然她是由人來聞的，你不能排除人的主觀心情。

我就不能免於受名字的催眠，對部分擁有好名字的人或物多一些美麗的想像空間。

就說做菜吧。

相較於把菜燒得像散文像詩或像畫的朋友，我大概只能算是一個陽春型廚子。我不嚴格要求刀法——所以也不會「割不正不食」；不大講究配色，口味清淡，只做易做的菜。但是看電視偶爾轉到烹飪節目，還是會「好學」地看下去。那都是西式料理，像義大利菜、法國菜。不是認眞要學做，只是喜歡那些有好聽名字的菜（或佐料）。比如迷迭香、時蘿、苜蓿、松露等等，都是可以使之乾燥擺在精緻玻璃瓶裡的。看烹飪家——不管是長著一臉鬍子的男士，還是氣質優雅的女士——這個抓一小撮那個抓兩葉，做菜成爲很浪漫的藝術。如果做菜時閒閒走出廚房，到園子裡就地採摘佐料，那就更令人神往了。彼德・梅爾在他普羅旺斯的家屋前屋後有井有巨大的杏樹，還有「一叢一叢的迷迭香」；可惜只看他們夫婦一年四季到各個各有特色的小館追逐美食——包括所謂「主廚奇想」，而沒有善用那些迷迭香。

相形之下，咱們的料理少有那麼好聽的名字的佐料。爆炒兩粒拍好的大蒜，起鍋時撒下一些薑絲和蔥，聽起來就缺少一點從容優雅。或許也因爲咱們的菜少不得大火快炒加隆隆抽油煙機的聲音，比起那些西式食物，基本上就顯得比較沒有「氣質」了。

也不能光長他人威風，芫荽、茴香、橄欖、香菇也是不錯的名字。不過它們也多是由西域傳到中原的吧？芫荽，或者蒝荽，原名不就叫「胡菜」或「胡荽」？橄欖，我心目中，地中海才是它的故鄉；而茴香，我很自然地會想到土耳其的茴香酒。那酒也沒什麼好喝，但是名字好，兌了水又會由透明變成奶白色，就顯得有些「內涵」了。

記憶中，母親視茴香爲偶一用麻油煮之的補品，這些年我很少買得到；買到了，看它那具體而微的針葉樹外形，烹事就有不同的感覺。至於芫荽，不愧有這個好名字，身爲佐料，閒閒散散地就可以替一道菜「提」出不同的味道；而又能保持自己本色，不會被融合、同化或淹沒。去年春天在北卡羅萊那「小寶」家吃飯，一盤仔細掐出來的芫荽梗子炒牛肉絲讓我至今齒頰留香。那好像是我第一次見到芫荽不是以配角的身分出現，而且可以奢侈地只用梗子。回台北後吃芫荽，偶爾還可以回味當時窗外那片北卡人家才能輕易擁有的廣闊庭園，以及驚鴻一瞥的紅色主教鳥呢。

去年，每個月在《幼獅文藝》上讀韓秀在希臘寫的美食專欄；雖然讀著讀著，我的味蕾都幾乎實地領會到它們的滋味了，卻完全沒有根據她的指點也去試做的企圖。那些菜，有人文故事，也有外交風情，就我來說，讀讀很好，不必自找麻煩和挫折。不過有一次她寫著羅勒、薄荷和迷迭香都會喜歡台北和高雄的天氣，建議讀者在窗檯上栽植，方便煮菜時取用，我眞的動了念。薄荷家裡有現成的，不管用不用，擺一小盆在後陽台欄杆上；迷迭香得去買種子，以後再說。至於羅勒，不知是什麼東西。後來讀到一篇文章，發現它竟是我們常用來炒蛋或紅燒魚時加幾片的「九層塔」。羅勒有地中海風味，九層塔可是純鄉土了。九層塔，買蛤蜊或蜆時，都可以附帶得到一大把。但我還是認眞擺一盆在陽台欄杆上，很崇洋地決定改叫它羅勒；每次必要時打開廚房紗門「隨機」去摘幾片，煮菜彷彿羼了一點遊輪在地中海上搖晃的度假回憶——雖然我根本不煮義大利麵或披薩，在台灣菜裡，它吃起來還是「九層塔」的味道。

不同的名字給人不同的想像空間，我不是說過了嗎？

二〇〇〇年六月一日，聯合報副刊

山東大餅

有些東西你以爲它已不存在，其實只是你不曾關心而已。

山東大餅便是。

兒子從國外回來，有一絲小小的抱怨，「我在洋人國家裡已吃了無數麵包，回到台灣還是得吃麵包嗎？」

早餐吃麵包不是天經地義嗎？可是既然他的胃做這樣的抗議，我只好多花點心思去琢磨非西式的食品。附近路口有一家有名的豆漿店，賣的花樣多，燒餅油條以及各式餅，做得不錯。可少少幾次買回來，丈夫都不以爲然，「那麼沒公德心的店你還去光顧！」

說它沒公德心並不冤枉，我每次經過也對它很感冒。生意那麼好，店裡不能相對地像西式速食店那樣乾淨也罷了，不可原諒的是外面紅磚道不僅有油汙，可能因爲豆漿流到紅磚道上或沉積在排水溝裡，日積月累地發酵，從店旁走過，行人就得忍受彷如走過豬寮旁邊的臭臊味。

既不願就近去買它的早點，只好買冷凍饅頭包子。有一天忽然想到，山東大餅之類麵食也許更能讓才從西方國家回來的兒子眞正「回到台灣」，或者說眞正「東方」一下吧？雖然印象中，我不曾給兩兄弟吃過這種東西。

還以爲這種東西已消失了，卻意外發現要買它一點也不難。它生存在很多角落裡，在公車票亭邊，在路口轉彎處，在小推車或一個小小的木攤上；不起眼，也由不起眼的老芋仔或穿得灰樸的女子看攤。從我下公車走到辦公室短短一段路，居然就有四個攤子。這倒讓我聯想到當年懷孕時很驚訝地發現滿街都是挺著大肚子的女人；以前不關心，才無視她們的存在。

我買了兩種山東大餅，一種比較鬆比較薄，大約兩公分厚；一種比較硬比較厚，四五公分厚。後者，同事說它沒什麼味道，孩子恐怕不會吃吧；那是北方人泡在羊（牛）肉湯裡吃的所謂泡饃。我說如果他們不吃，就把它們切薄薄的再抹奶油或蒜醬烤。

結果不管是厚的還是薄的，全家人都吃。基本上我們比較喜歡原味的食物，所以即使不抹佐料，也可以入口。只是這些傳統食物仍傳統地不講究「現代衛生」，拿過鈔票的手照樣切餅，所以吃之前我必須略做處理——比如烤或微波過。

買了兩三次後，我很有興味地注意到有一個攤位是現做的。大汽油桶上煎著不同的餅，旁邊還立了一個斜斜的看板，上面寫著：老蛙人最後的一把。最後的一把？一把骰子？賭一把？不過我馬上發現「把」字後稍上面的地方擠了一個「火」字。最後的一把火，好有意思。但他是什麼意思，卻只能我自己詮釋了。一腔熱血，還是求生存的一把微弱的火？其中有曾爲蛙人的豪氣，或時不我予的感慨？歲月不饒人，就算他曾是渾身肌肉、扛著橡皮艇在沙灘上操練的健兒，曾捉到對岸「水鬼」，或者曾在國慶閱兵大典上展示國力的英雄，現在到底老了，瘦了。但是他很有精神，也很自信，切成三角形的薄餅遞給我時，說：「比披薩好吃。」看板上也寫著「吃過就知道」。如此自信，又懂得以看板做廣告，很有現代行銷觀念，可比另外三個默默賣餅的引人注意了。

買了他的餅回來，還沒吃呢，我特地打電話給一個中學同學，問她記不記得我們當年上學時常買半個山東大餅，三兩個人邊走邊撕著吃？她笑起來，說記得啊。那是比較薄的那種，鬆鬆的，每次買時還是熱的。她也記得我們放學時常去吃「貓鼠麵」，有一回，居然看到牆角眞有小老鼠排成一串行走著呢。「那家店早不在了。」她說。可是彰化仍有所謂的貓鼠麵，是不同的人經營，掛同樣的名號。

台灣有很大的變化，要同樣一家吃食店長久存在是不大可能的；但它們多會以不同的面目在不同的地方出現。山東大餅倒好像沒有什麼改變，不知是不是我的味蕾遲鈍了，還是因爲記憶在餅裡邊加了味道？

二〇〇〇年六月八日，新生報副刊

傘情

春雨綿綿，傘是生活中的必需。

其實對台灣女子來說，夏日的傘也是必需品。有一年到義大利旅行，同行的朋友隨時打傘阻擋地中海的陽光，還調皮地改動一首廣告歌的詞，唱著「每飯不忘傘傘傘」。老外對她說陽光這麼好，為什麼要打傘？她笑說免得得皮膚癌。這是堅定喜歡日光浴、愛把皮膚曬得像煮過的蝦子的歐洲人不能理解的。

有人把傘視為「情」，不隨便送人；有個朋友就說她老是在掉傘，「到處留情。」而我，記憶中只掉過兩把傘，「害」得鞋櫃的一個抽屜裡塞滿了各式各樣的花傘，沒有喘息的空間。「幸好」有些傘傘骨壞了，先後被扔，不然更擠。

最資深的一把，紫色的，是即將結婚前「男朋友」送的，傘面雖然有兩三個小洞，傘骨卻是老而彌堅——也重。這些年來早已不曾用它，卻一直讓它在抽屜裡養老。不過我已決定把它淘汰了，不能總戀戀著舊時光吧？

常用或用得久的傘，大部分是日本貨，有兩把卻是法國的。老的那把，傘面是我用過的傘裡邊最花稍美麗的。有個愛拍照的同事乍一看到它，就說下次要讓她拍照時做道具；後來同遊，我最不敢忘記攜帶的當然就是它。那傘第一次鄭重地受到相機的青睞，是某一個春天，在陽明山。照片上兩個稚齡的孩子坐在它和我的旁邊，啃雞腿和蘋果。那年頭蘋果一個四、五十塊，在高級的水果店才買得到；所以幾乎只有在兩種情況下我才會買，一是小孩肚子不好，一是要去郊遊。後者可以拍照存證，美化畫面，又可以顯現幸福童年的模樣，有很大的附加價值。

與這把傘同時出現的，還有當年照顧孩子的美霞；她與兩個孩子相處三年，直到要出嫁了才不得不依依離去。我還記得當時她很愛唱歌，教兩個男孩唱諸如「我家住在女兒圈」之類並不合乎事實的歌；兩個小男孩不知所云，唱得很是認眞起勁。她也念故事給他們聽，不過有時我必須爲她正音；因爲她曾把「狗爺爺過生日」念成狗牙牙過生日。

這把傘的年資僅次於紫傘；傘頭掉了，但我用別的來補上，到菜場時還偶爾用用。

另一把法國傘是一個朋友旅遊法國回來時送的，她是因我鼓勵而寫作有成的少數年輕朋友之一；所以每次撐它，我都會多一分歡喜。

有的傘，很精緻卻幾乎不用。有一年大概日本正在流行吧，丈夫買了幾把木製傘骨、粉紅布面繡同色鏤空花的陽傘回來，我自己留了一把。那是真正的「陽傘」，棉布做的，不能遮雨。陽光下撐起來又太淑女，有些像雷諾畫裡的女人撐的。它的主人適合穿蓬蓬長裙，再戴蕾絲帽，和戴黑色高帽的紳士緩緩行走在歐洲的公園裡。

老傘比較堅固；後來買的或人家送的，質地較輕，但也比較容易損壞。有一把我四年前離開東京機場時不顧它昂貴的價格匆匆買得的，棗紅色變形蟲傘面，非常漂亮，下雨天絕對捨不得用。有一次座談會，三節的傘只隨便收成兩節放在背後，誰知一個行走速度猛急如張飛、外號「卡門」的女孩硬生生把它的「脊椎骨」碰折了。傘面還是全新的，捨不得丟，期望有朝一日能拿它來和別的傘骨成親；雖然知道這樣的機緣大約像把撒哈拉沙漠的生物拿來和北極圈的生物送做堆一樣困難。

丟了的兩把傘也是日本製的，輕、小，塞在皮包裡很方便，也合乎我斤斤計較皮包重量的要求。其中一把，掉在計程車裡；另一把，有一日坐公車，下車前投下硬幣才發現忘了拿傘，當即回頭去找，卻已失蹤了。大概有人在我離座後也離座，看到它，把它當做無主的，順手拿了，而在我回頭去找時下車了。之快之神速，簡直可以當做偵探小說的一個場景了。

至於台灣傘，用過的自然更多，有時看同事用，好看，託她買；有時碰到西北雨，臨時買一把。這些傘頂貴不超過三百塊，只日本傘三、四分之一的價錢。十幾二十年前日本傘有名，我第一次出國到日本，同事們千叮萬囑的就是爲她們買傘。這幾年台灣傘也做出了口碑，更棒的是便宜得不得了，一兩百塊就可以買到很不錯的兩節、三節傘，以及特大號的所謂「五百萬」。因爲便宜，隨便買，辦公室抽屜裡常常三五把，有時下班忽然下雨，沒帶傘的同事可以拿一把，倒也很是物盡其用。

我難得掉傘，兒子們卻幾乎常態性地掉。以前我會訓示幾句，擴大解讀爲缺乏生活的能力，「老是掉傘，如此漫不經心，凡事不當一回事，難怪書讀不好。」現在他們長大了，繼續三不五時掉一把，可我不會因此否定他們的智能，更不會「由小見大」，憂心他們做不了（大）事。現在的我很寬容、豁達，視掉傘爲正常、尋常小事。反正多買幾把「供應」他們掉就是，而且要買一把只百把元的；忘了拿回來，不心疼。再說，只要明白「物質不滅定律」，知道它仍在這世界上某個角落爲別的人遮風擋雨，便彷彿與那人「連了線」，心中有一分奇妙的溫暖，也就不覺得它丟了。

二〇〇〇年三月三十日，新生報副刊

血鸚鵡的世界

十二條血鸚鵡剛進駐我們家三尺寬的魚缸時，著實令人失望。魚口少，魚體不過寸把長，在缸中已顯得單薄，還一直賊頭賊腦地縮聚在角落大石後面。水族箱裡的魚不是給人觀賞的嗎？偶爾有一條大膽的試探地出來，其他的才敢追隨；有一條縮回去，其他的也慌慌張張後退──常是直線後退，並沒有掉頭，雙眼圓睜密切注意著前方的動靜。丈夫說牠們豈不像眾多沒有主見的股票族？驚惶地追隨著傳言、謠言，一窩蜂地搶進、殺出。

好在經過整整一個星期後，十二條血鸚鵡終於定下心來，見到人走近不再害怕，也不再害羞。以前養過的別種的魚，好像沒有這種過程──至少沒這麼鮮明、這麼冗長。

那麼牠們是智慧比較高的魚類囉？高雄小港機場血鸚鵡大魚缸外面的說明倒沒這麼寫，

只說牠們好養，又叫發財魚、招財魚。現在養什麼魚或種什麼植物都關係到風水，牽強附會著可以招財改運云云，不必當眞。

不爲招財，純因今年春夏之交兩度被小港機場那一大缸血鸚鵡「電到」，才想到要在家中空了半年的魚缸養牠們。

小港機場那一缸鮮紅美麗的魚任何人看了都要驚豔的。英文稱一群魚用 a school of fish，那一缸魚，如此濃稠，眞的是一「學校」的魚，而且是老松國小。魚口密度如此之高，我懷疑如果把牠們趕到一邊，剩下的空間怕不到魚缸的三分之一了。

我們家這缸區區十二條，空間夠大了，閒來無事觀察，我卻發現牠們並不滿足，也不崇尙和平，時不時有爭版圖的動作。

首先，我發現鋪在缸底的兩寸厚細砂變得崎嶇不平，而且落差極大。兒子說，幹嘛，有誰在盜採砂石?眞的就是河床被濫採砂石的局面。

以爲那樣的變化是因爲集體推搡、鑽探或魚鰭不停地揮動的結果，後來才發現有兩條魚特別熱衷搬運砂石。牠們從甲處含一口砂，噴到乙處；鍥而不捨地，也許是日夜不停地，很快完成了愚公移山的大業。我多事，一再把「河床」攤平，不消多久，牠們又把河床整治得高處如砂丘、低處露出玻璃。難怪賣魚的說不必裝飾水草，牠們會拔起來。

那兩條特別勤奮的，有一條顏色比其他的紅，我叫牠阿紅；另一條，腹鰭下有一個較明顯的「肉芽」，我叫牠阿芽。

阿芽和阿紅不知是情侶還是自成派系？如果是前者，也許牠們在營造愛巢？牠們挖的「家」固定在一顆大石頭邊。如果是後者，那麼牠們是在占地盤築山寨？反正事關主權，有別魚過來時，牠們就霸氣十足地用嘴巴推牠。阿紅尤其兇惡，推之不足，還一路追逐，直到對方鼠竄爲止。有那桀驁不馴的起而反抗，雙方便嘴對嘴，你前進我後退、你後退我前進，好像在跳親嘴舞，還眞是好看呢。不過最近牠們不在我眼前做含砂噴砂的動作了，也許討厭人類的干擾，只在夜間進行；所以也看不到牠們的親嘴舞了。

一個月下來，牠們已非常「平易近人」，我靠近，就游到前頭，討吃；我對著牠們看，牠們也睜著兩隻沒有眼瞼的眼睛用力與我相望，同時不停歇地鼓動著魚鰓、揮動著兩葉薄如蟬翅的胸鰭——總不是爲了保持平衡吧？那模樣有些像魚雷，可是飄逸、美麗多了。

回想起來，以前養過的各種魚雖然各有不同的姿色，「甩水袖」也很好看；可好像沒有血鸚鵡的智慧，也沒有爭地盤的戲碼，比較乏味。不曉得是不是看慣了政治人物的鬥爭，連對小小的魚世界也有了重口味的期待？

也或許這一切純因爲我的心理已被「政治力介入」，把人類的想法強加之於血鸚鵡？

二〇〇一年十一月八日，中華日報副刊

抽屜不說話

人要常常整理抽屜，就好像不時修身自省一樣；不過不必一日三省，至多三個月一次就夠了。

我連三個月都做不到，昨天整理書桌大抽屜，發現了一枚哥哥的印章。他看了，唉一聲，「藏在媽抽屜裡，難怪怎麼也找不到！」顯然是他一年多前出國讀書時我幫他收存的。還看到弟弟兩張金融卡，它們保存在我這兒的時間更長。他比哥哥早出國，回來都兩年了，卻根本不記得世界上有這些東西。前天去其中一家銀行取款忘記密碼，驗明正身時，人家問他有沒有辦金融卡，他還說沒有呢。

既然有「收穫」，今日我索性把其他抽屜也做徹底的清理。於是我重逢了一些陳年的音樂會節目單，在阿姆斯特丹梵谷美術館旁邊公園撿的果核，幾封老信，親友在相館拍的婚紗照——他們的孩子都成年啦。邊整理邊回味著，感嘆著歲月如斯——雖然像朋友說的，現在是以「十年」爲回顧單位，這樣的感嘆其實已很陳腔濫調，一點也不用「驚」。專管放信封和底片的抽屜裡，有一疊紅封套，要扔掉比較不好看的，就一張張地挑選，撕毀。很意外地，竟然挑到一張裡邊有三張千元鈔的！這一驚非同小可，彷彿錄影帶快速倒帶，急忙把已經撕了的再拿出來重新、慢動作檢查。沒有。接下來紅封套仔細對著陽光照，居然「撿」到一封裝有兩千兩百元的！這兩個紅包不知是人家給的我隨手放了的，還是原要給人的一時放在這兒忘記了？

看過一部電影，死於車禍的男主角投胎二十年後認識了一個女孩，到她家作客時竟反客爲主，無意識但準確地告訴女孩在哪個抽屜拿刀叉，哪個櫃子裡有餐巾，讓女主人先是訝異繼而心存疑慮。後來他因爲自己竟對那個屋子裡的諸多細節熟悉，才驚駭莫名地發覺自己正是女主人當年的未婚夫，那女孩是他的遺腹女兒！……眞實生活裡，同樣的用品放在同樣的地方長達二十年也很平常，我書桌抽屜裡的秩序恐怕也可溯自結婚那一天起了。基本上我的抽屜並不亂，所以幾年沒清場也不礙眼。而且既然每個抽屜各有所司，要找東西不難。問題是人的記性不可靠，隨手塞或藏起來的「其他」東西，就算可以躲過小偷；時日一過，我自己也可能根本忘了有什麼東西沉睡在這兒。抽屜又不會開口告訴你。

另一個抽屜放的是近年所得稅報稅資料、戶口名簿、護照、出版契約、幾枚用不上的木質印章，以及朋友旅遊大陸刻了送我的石頭印章，小有紀念性的舊錶——包括孩子小時戴的米老鼠錶和青少年期戴的蘇聯紅軍手錶。還有旅遊時沒用完的各國錢幣；硬幣一大堆，連認出哪國的錢都難。照說蒐集錢幣應該專業一點，爲什麼大家都隨緣地「蒐藏」？不會去用它們，也不可能時來運轉變成稀世珍品（就算變成珍品我也不見得會知道），放著又徒占地盤；可是一年一年過去，更不捨得丟了。還有一些紙幣，印尼鈔的面額極大，十數年前在峇里島消費時，都說大家好有錢啊，隨隨便便就有十萬八萬。可是我沒去過馬來西亞，怎有它的鈔票？丈夫也確定他沒去過，懷疑是我去過自己忘了。這兩年，記性無疑是我的「阿基里斯腱」，不堪被碰，「我的記性何至於退到這個地步！」推敲、追索半天，幸好「解密」了，是有一陣子那兒某刊物轉載我的作品時給的稿費；當時編輯極力邀我去玩，我也心動，以爲很快可以用得上。有一張義大利紙鈔慎重別了一張小紙頭寫明：保存，已不能用。把它當未來的「孤本」不成？那是小販偷渡給我的舊鈔。捷克、匈牙利、俄國都是經濟狀況不穩定的國度，它們十年前的鈔票想必都不能用了吧？好在都是小額。至於德國馬克和法朗，數目是比較大些，可是一別十年不曾相見，我毫無信心，不敢肯定它們的單位。忽然想到歐元上市，所有歐盟國家原有的貨幣都要走入歷史，我當即決定拿它們去換台幣。另有擺了好多年的兩張美金旅行支票，可以用來壯行色，一起去換。

到附近一家銀行探問——心虛地，就恐人家竊笑那幾張歐洲貨幣不值幾個錢。他們不換，指點我到另一家。

到了那國際銀行的櫃檯，行員說其中一張馬克是舊幣不能換，法朗也只總行有收。我怯怯地問她那幾張馬克值得換嗎？「不換留著做什麼？變成廢紙了。」它們值多少？她說四百五十馬克，可以換將近七千台幣。「啊？那當然要換！」旅遊回國前我習慣盡量用掉當地貨幣，不曉得爲什麼會留下「這麼多」馬克？

回家的路上，我心裡很得意。沒錯吧，人是應該偶爾整理抽屜，你不曉得其中會珍藏著什麼意想不到的東西——弔詭的是，越久不整理才越有可能得到意外的驚奇。明天說不定不辭路遠，把法朗和奧地利幣拿到總行去問問看。如果換不到什麼錢，就當做紀念品好了。

且慢，書桌還有兩個抽屜待整理呢。回頭一想，它們放的是筆記本，除了歲月外，大概不會有什麼「沉埋」在裡邊待出土的寶貝了。

二〇〇一年十二月，自由時報副刊

紙情綿綿

住公寓，我是那種很怕有多餘的東西侵占有限空間的人。每次有東西捨得扔、可以扔、能夠扔，而最後真的扔了，都很痛快；那日就會有心靈也做了一個小小的清理的感覺。

但是對於紙，心情就比較複雜了。敬惜字紙，不是連有字的廢紙都得愛惜嗎？環顧左右今昔，台灣人似乎都有愛惜紙張的美德。四、五十年前，母親仔仔細細地把買雞蛋的粗紙袋「抹」得平平整整地收起來，日後重複使用；我們練大楷用舊報紙——用過的一樣可以一張不少地賣給沿街收購「歹銅舊錫簿仔紙」的人；每日撕下的日曆紙當計算紙、塗鴉紙。自己結婚做了媽媽，日曆紙、月曆紙也成了孩子們的圖畫紙；只不過紙質升級了，潔白細緻，還多的是銅版紙。至於計算紙，有爸爸公司的廢紙和我的廢稿紙。

這幾年因為環保意識的抬頭，辦公室的影印紙雙面使用；對氾濫的廣告傳單，台灣人還發明了紙雕藝術，紙傘、紙孔雀、紙花瓶、紙恐龍……，把廢紙做如此有效又創意的利用，眞讓人嘆為觀止。再不濟，它們也被摺成飯桌上收集肉骨魚刺的容器。

對二手紙和廣告紙都如此珍惜，對空白的紙當然更存一分不捨。空白的紙可以寫很多字很多想像，而且反正占的地方不大，所以我的書桌上、五斗櫃邊、書架上、電腦主機上，總不免有一落、一紙袋或一疊的紙。它們主要是參加文藝聚會時主辦單位送的稿紙，或者從孩子沒有用完的筆記本撕下來的殘餘。還有他們的大小楷簿子，是我存了不知多少年，天眞地以為有一天可以用來練書法的。偶爾，也會與二十多年前並不怎麼精緻的小學勞作用色紙乍然相逢呢。因為我是這麼愛惜紙張，長大後的兒子整理自己的地盤時，還會索性把估量不會用到的紙「傾倒」給我。

「蒐藏」著它們，心裡卻明白它們可能永遠只是不會得到「臨幸」的後宮佳麗；畢竟我幾年前就習慣用電腦寫作了。

不過話也不必說得太死，我最近已幾度興起重做「手工藝」的念頭；用手在紙上寫字到底是很溫潤、人文的一件事。何況除了寫稿外，紙另有用處，寫信，寫便條，偶爾也可以先以鉛筆打草稿，免得太長時間面對螢幕傷眼睛。只是寫傳統信件的機率，一年大概不會超過二十封。便條，一張紙我省省地裁成四張，所費有限；何況常會有公司行號贈送厚厚一落方方正正的便條紙，用都用不完。打草稿？我是兩面寫的。以前手寫時，部分謄壞的稿紙也留了下來做草稿紙。

囤積的庫存不止稿紙，編副刊時期，我喜歡每三個月親手整理即將作廢的「稿件包」。其中校對用的小樣如果只用單面，或者作者電腦打字的稿子反面乾淨，我就留下來。A4的紙拿來電腦列印再環保也沒有了。有些手寫影印稿，因爲乾淨，也留下來備影印之用。有一回我影印一篇文章給在法國的鄭寶娟，她發現我用的紙正巧是她一部中篇小說的影印稿，有意外的驚喜，說以後也會特別珍惜紙張了。爲朋友的書寫序，出版社照例會給全書的小樣；那一疊A4被我視爲附加的贈品，當然歡喜地留下來。

紙捨不得丟，除了它們的實際用途外，也因爲它們本身的魅力；尤其宣紙，看著就給人水墨畫的質感和歲月的聯想。遊埔里時，在紙廠參觀宣紙的製造是我非常喜歡的節目。製紙過程細緻繁瑣，在高溫下工作的工人，卻態度優雅從容，神情怡然，簡直像在修禪啦——心不定的人猜想是做不出品質優良的宣紙的。每回驚嘆著製紙的藝術，連帶地，少不得買一些筆記本、書籤之類紙製品。最近我整理出一些宣紙信紙，摩挲一番後，沒有例行歸檔，而是拿來給朋友寫比較「愼重而多情」的信。寫得認眞，字比較工整，連標點符號也會去注意。

誇張地說，自己以爲是在絹上繡畫呢。如果朋友有保存信件的習慣，我以宣紙寫的信「中選率」大概會比較高吧？至於那以宣紙裝訂成的「線裝本」，我還沒想到如何善用它們以符「身分」。也許寫些「文藝腔」的生活格言或風花雪月的情懷？雖然距囈語的年紀已很遙遠，面對美麗的紙，囈語一番大概也不違法吧！

二〇〇二年一月，幼獅文藝

我家「金三角」

偶有朋友來家裡玩，我總要人家看看這個居住了二十多年老公寓裡的「金三角」：中藥櫃、一層蒸籠框架和母親的梳妝檯。

中藥櫃是在骨董店買的，共有十二個抽屜。第一次看到這樣的櫃子是在一個朋友的朋友家裡。那個家差不多就是一個骨董店了；書桌、餐桌、茶桌、椅子、玄關處「小橋桌」，不是明清的也是民初的。而古色古香的雕花木門化身爲大鞋櫥的門；前身據說放衣服、棉被的大櫃卻變成擺精裝書的書櫥；還有我說不出它本來身分的長几做電視櫃，連門外懸掛的飾品在我看來都是應該擔心被竊的古物……。在一個住家裡看到這麼多蘊藏著不知多少故事的家具，我眞是又驚訝又羨慕。再一想，不免杞人憂天起來，在那張骨董桌上吃飯要不要正襟危坐、食不語？好在上面鋪了大玻璃，不然只怕更難吃了。

在眾多古家具中，小格局的我看上的是一個有九個小抽屜的中藥櫃；抽屜是渾然天成的CD匣子，裡邊放著整整齊齊的CD。如此利用，眞是太美妙了。

那就是爲什麼買不起眞正的骨董、也沒特別想在家裡用骨董的我，後來看到那個標明爲「十二抽」的藥櫃時會起意去買它的原因了。

結果我不是拿它來放CD，而是放雜物。電池、錄音帶、隨身聽、牙膏、香水、面紙等等小東西都在這兒找到棲身之所。比較合乎它藥材櫃身分的倒也有解渴潤喉的柚子乾、維他命、鈣片、血壓計、健保卡、醫院掛號證和狗的「愛犬保健預防證明手冊」等等。剛開始，取一樣東西至少要開三個抽屜，現在總算已理出秩序，不會時時在做打開這扇古羅馬鬥獸場的門、不知會跑出美女還是獅子的遊戲。猜謎也沒什麼不好，抽屜的拉環很有古風，拉拉關關，眞有藥鋪子掌櫃從一個一個抽屜裡拿取當歸黃耆人參枸杞的趣味。至於它是否眞如賣家宣稱的是清朝的榆木骨董，我並不在乎——據說很多來自大陸的「古物」是經過加工的。

再說，在「十二抽」檯面上鋪一張小布墊，擺兩個相框、一個盆栽、一個小時候家裡用的裝豬油小甕，或旅行帶回來的紀念品，就爲簡樸的客廳增加了幾分溫馨和人文了。

第二個「角」是蒸籠框架，立在客廳角落鋪著桌布的方桌上，與中藥櫃遙遙相望。娘家的蒸籠不是籐製也不是圓形，而是較少見的方形、木頭。我是一輩子也不可能自己蒸年糕的，但想到青少女時期它每到年節就「四四正正」端坐在紅磚大灶上職司蒸年糕、蘿蔔糕、發糕的勤勞熱火模樣，母親又強力說它是檜木的，遂接受了她的慫恿帶回台北。

它在公寓後陽台「伏櫪」了好幾年，直到兩年多前我在小叔家看到一個形狀類似的花器，回家後才急忙把蒸籠一個外層拿出來刷洗。原木，風味古樸，到底很禁看。我把它斜斜放在客廳靠牆方桌上，最初上面擺的是繪有狄更斯作品劇照的小磁碟、垂下兩枝黃金葛的小陶甕、雙面繡的貓屏，旁邊再斜倚一個在義大利買的非洲小樂器。後來有什麼新東西就展示在那個框架上和它的周圍。紅龜粿模子、磁器筷子插、迷你銅甕、早期大肚形銅水龜，都曾在那兒輪流展出。那一方小空間，彷彿是具體而微的民俗文物區了。

第三個「角」是在臥室裡的母親的梳妝檯，它已有七十年的歲月。兩尺高橢圓形鏡子，底下兩個半弧形抽屜，兩旁各兩個更小的抽屜，是典型的台灣老式梳妝檯。從有記憶起，它都擱在一座大小如五斗櫃的日式文件櫃上面——早先在裡邊看過父親的剪貼簿和各種當時父母稱之爲「書類」的文件和信件，後來就變成存放母親雜物的地方了。母親化妝很簡單，拿一塊新竹白粉在臉上「畫」幾圈，再以手抹勻，然後對著鏡子意思意思點口紅再抿抿唇就成了。

小時候小妹和二姊「一國」，是她的「報馬仔」；二姊不在家時，她還照她囑咐的，把我和四妹的劣行寫在紙條上，藏在母親梳妝檯的抽屜裡。可卻被我們搜到，嘲笑她國字認識不了幾個，不通不通。我和小三歲的四妹長成少女後，那面鏡子成為我們爭執的導火線，先占到它前面位置的人總要對著鏡子拿不定主意，一下綁馬尾一下子梳個髻，然後再放下來披肩；自己陶醉卻氣得別人忍不住口出惡言。

後來我們一個一個嫁出去有了自己的梳妝檯，母親卻簡約成只用一面背後嵌有明星照片的長方形手鏡。十年前開始，家裡沒有用而我喜歡接收的東西便先後到了我手裡，梳妝檯便是其中一個。

剛拿到它時，我把它擺在五斗櫃上，利用那幾個抽屜擺一些項鍊雜什。有一天福至心靈，把一個原來放衣服的三層小架平放在臥室柚木地板上，變成小型書架，存放一直堆疊在地板上、書桌上的稿子、剪報卷夾和保險單之類「書類」。架子是廉價的仿木製品，但顏色像紅木，鋪個棉布墊，上面再擺一個母親年輕時做大甲帽的木頭模子、兩個小時候家裡用的量米容器——上面刻著「穀物類」「二合五勺」及「五合」，裝文具，再放一個我自己拉坯的蛋青色小陶甕，插黃金葛；這個尋常的架子遂忽然有了不同的面貌。把母親的梳妝檯移下來緊挨著「紅木書架」，臥室這一角就不僅有了筆墨香，也有了「紅妝香」。沒事時，坐在地板上翻閱架子裡的剪報、照片，不經意間可以從母親的嫁妝鏡中看到自己的臉，好像也看到了母親粲然的微笑——保留了她心中的不捨是她很大的快樂。鏡子有些模糊了，但外圍一圈圓形紋飾，非常古雅。

不管是蒸籠框架、藥材櫃或母親的梳妝檯，每個「角」剛裝置成形時，我都可以歡喜好一段日子；每日出門給她深情款款的凝視，回家，也不忘對著她殷殷招呼。那分癡情，眞眞一日看三回也不厭倦。

這樣的心情與別人家擁有「名山大川」家具的滿足感或許無法比擬，可是因爲它們有我的往日情懷，有我的創意；可以遙想當年它們「羽扇綸巾」的英姿，也可以揣測它們成爲傳家寶的可能，便有理由自得其樂、沾沾自喜了。

二〇〇二年五月二十二日，中國時報人間副刊

【輯二】

菜場女高音

例外

在一場文學座談會上，有人慨嘆著名人、影星都成了「作家」，他們的書即使沒有什麼內涵，也隨隨便便就可以賣個十版八版；有個電視明星，寫他和太太的床上故事，紅得很呢。有人慨嘆著命相、股票之類作品多年來還是書市的寵兒。有人抱怨著文學人口少了，年輕人只看電視，文學創作的園地少，文章沒地方發表，書好不容易出版了，在書店裡也很快就消失了蹤影。……

在這樣一片「文學不景氣」聲中，一個年輕作家起來批判作家自己不長進、與社會脫節、不知社會的變遷，還談什麼文學的變遷。而李潼則逆向而行，說他很滿意這幾年的專業寫作生涯，只後悔沒有早幾年辭掉工作；寫作除了稿費及版稅收入，還有附帶收益：比如作品被編成劇本，應邀演講等等。不過他也附帶說明，「因爲生活簡單，要的不多；所以過得滿足。」

說得如此開心自滿，也不怕引起眾妒，成爲過街老鼠。每人限定最多只能講三分鐘，他意猶未盡，後來還借用別人的時間再一次發言。

那次座談是在恆春農場裡一幢尚未完工的大屋中舉行，窗子還未安裝，南台灣初夏的風毫無遮攔，吹得有人打瞌睡，有人摳剝落的指甲油。有很多人大概像我一樣，把目光放在窗框外高曠的天空、遠山、近樹、草地上的石翁仲，以及一隻失去方向飛進屋裡來的小鳥。

氣氛優閒，大多數人並未專心開會，李潼發言時卻引起了大家的笑聲。

他說有一回搭火車，與一個老阿伯比鄰而坐。老阿伯問他做什麼行當營生？他說自己是作家。「塑膠？那你是在南亞還是在台塑上班？」不上班，自己一個人在家做。「自己在家做，那你是家庭手工業。貨品銷得好嗎？」還可以，都賣給報社或雜誌社。「啊呢啊，那你做的是文具用品囉。」

明知人家誤解了他的話也不去指正，反而享受這樣的誤解，有點像在逗小孩說話呢。兒童文學創作人大抵都有這樣的「心機」吧？在座談會上說這件事，他是在說明「作家」這行業本來就有些尷尬，非一般人所能瞭解；但他又是那麼以當一個職業作家爲樂爲榮。

因爲他會逗趣耍寶，開完會後接下來的兩天旅遊時間，便常有人說：「叫李潼過來說笑話。」

他說了幾個親身的體驗，其中一個是：

一個寒冷的深夜，在火車上，他注意到一個手拿報紙的乘客有好長的時間維持固定不動的姿勢。每觀察他一回，他的憂慮就增加一分，最後他做了判斷：天氣這麼寒，這個人多半是心肌梗塞，已死亡。可他又想著也許尙可急救，於是去找列車長，告訴他下一站有個礦工醫院。列車長走到那人面前，平靜地說：「查票。」那被李潼認爲心跳已停止的人右手伸進左胸口袋，掏出車票給列車長鉸一下，繼續看報。

李潼說：「列車長在車上見多識廣，沒把我的話當一回事。不過那人也未免太過分了，一動不動半天！我下車前特地走到他身邊，看看到底什麼新聞可以讓他看那麼久？是股票版！」

「害你那麼關切、擔心，你有沒有罵他兩句？」我說。

「有啊，我對他說：我輸給你。他看我一眼，不明白我在說什麼。」他說自己一向雞婆，才會發生這種事情。

他是很雞婆，或者說熱情，那兩天上下車以及走在往龍坑看海的石頭路上，他都會去或扶或挽一位年紀最長的大姐。他故作十九世紀紳士挽淑女的姿勢，嘴巴又甜；所以我們說難怪他「老少咸宜」。後來他說：「我有個發現喔，我發現當我挽著這位大姐時，她倚著我，走得蹣跚無力，我沒挽她時她卻健步如飛呢。嗳，這就是老人的智慧，她一方面樂得接受我的好意，一方面讓我有成就感。」

他說話的神態常一副天眞無辜的樣子，所以更逗趣；有他在的角落就有笑聲。

他有那麼多好笑的事可以隨時拿出來唱作俱佳，主要因爲他會觀察，有童心，愛參與，多管閒事，也會享受生活吧。由羅東往台北或往花東，他常有搭火車的機會，所以不少見聞來自火車乘客。去法國十幾天，可以寫三四十篇文章；只是找個方便的地方，只是邊看戲邊吃個水蜜桃，都可以一寫四五千字。去大陸旅遊，好像見聞、題材也比別人的多。據他說在大陸碰到交通出狀況時——比方大石或拋錨的車擋道，他也可以仗著個子大嗓門大，指揮這個那個原本等著「有關方面」來處理的人。人家看他的架式和說話的口氣，以爲是個高幹，都乖乖聽指令，站好方位，然後在他大喝一二三之下，擋路的障礙就除去了。

他頗有語言天賦，「普通話」說得「挺」好；在大陸，又能把當地的習慣用語、順口溜說得有模有樣，人家哪裡會想到他是個以寫作爲營生「行當」、到大陸旅遊的台胞？他以標準大陸腔慷慨說「行」，人家也對他的要求輕易說「行」吧。不過有時我也有點懷疑他是不是看人家聽得有趣，就說得起勁，順帶膨風一些。這也是很自然的，既能互動，談話的一方總得加點糖醋加點音效來呼應聆聽者的期望啊。

編副刊時期，我一向愛約他寫稿，尤其開新專題時，他一定是在我的「黑名單」中。在電話中說及主題，他總是不假思索，馬上告訴我他可以寫什麼什麼，從來沒聽他說過這個題目無啥可寫。交卷日期，沒問題；字數，他卻會說：「只能寫兩（三）千字嗎？」我自然也網開一面；反正他的文章也不會長得離譜。

在目前很多資深作家對文藝創作有點心灰意懶的情況下，他是少數的「例外」。文壇有這樣的例外，讓我很歡喜。因爲有這麼一個「寫手」存在，我可以樂觀地指望，有一天，我不上班時，也許、或者、說不定可以像他一樣快樂地悠遊在散文、小說、童話、歌詞……的天地裡。雖然我知道所謂「例外」，就是極少的意思。

一九九七年八月二十九日，中央日報副刊

掉東西之必要

她是很會掉東西的人，有一次說帶她以前寫的「言情小說」給我看，到了辦公室卻跳腳，說掉在計程車上了；有一次帶了一包乾狗糧，準備餵流浪狗的，又掉在計程車上了。據她說這樣的「掉」還是小 case，曾經旅遊回來，跟同事們預告明日帶葡萄乾巧克力各式餅乾來給她們吃，卻把那一大包東西忘在車上了。給一個朋友講好給她的髮膠乳液口紅，也掉在車上了；那朋友很認眞，非要她去電台「報案」不可，結果當然沒有找回。幾度向人預告送東西卻食言，她都心虛起來，惟恐人家懷疑她騙人呢。

吃西餐，她的著眼點是那可以給家中眾狗加菜的骨頭，常點牛小排；朋友爲了共襄盛舉，也點一樣的菜。「六個人十八根牛小排的骨頭，有的還有不少肉肉呢，我卻把六個人的愛心掉在車上了。」現在說起她還心疼著。不過最慘痛的一次紀錄是，把精心改好的稿件掉了；所幸那是同事寫的，爲了讓自己記取教訓，她貼了五千大洋，央請同事重寫一次。……

紀錄如此輝煌，迄今卻仍不改其「樂」。我建議她以後下車時假定車子哀怨地對著她說「回頭再看我一眼」，但是她顯然做不到。她常糗自己，數落自己種種不合美容、養生的習慣，以及只求安逸不求「長進」的心態。「我知道應該改，但是沒辦法，個性創造命運。」

今天她一見到我，就急忙告訴我昨天晚上發生的「慘事」：

十一點多，她如常地拎了一包乾狗糧和一瓶家庭號鮮奶搭計程車到某社區去餵她的「編制外」的狗兒們。她是「夜行性動物」，午夜是她精神最好的時候，也只有這時刻能從容地去照顧她最愛的狗兒們。

如常地，她餵狗，和牠們說話，也和那一帶出來蹓狗的「狗友們」聊天說笑話。她的口才之佳，在我朋友裡頭無出其右。口齒之清晰自是餘事，最本事的是她能把所有她聽來或看來讀來的細節交代得清清楚楚，而且有條有理、抑揚頓挫、引人入勝。有她在的場合，別人多半只有聽的分兒；因爲好聽，也很少有人想去和她搶發言的機會。

昨晚，一個狗友說她買了一件棗紅色絲絨禮服，不大可能穿；純因打了三折，便宜，所以買。猜想她也許有機會穿它，特地先借她。

「我心裡不想拿，因爲坐計程車……」

當她這麼說時，我心中想的是，她怕午夜坐計程車帶這麼豪華的衣服不妥？不是，她說：「我怕我又會把它掉在車上。」

可是狗友很誠懇，她只好拿了它。

不幸的是，下車後，她發現自己手裡只拎著裝狗食的袋子；「成全」了原先潛意識的憂慮，果然把衣服忘在車上了！

「我挫敗到極點。我坐車一向會記住車號和司機的名字，但他未必會聽警廣，取回的機率不大。還好當時前面不遠的紅燈亮著，計程車停在那兒；我沒命地往前跑，誰知來不及追上，綠燈卻亮了。看著那揚長而去的車子，跑得一身汗的我整個人虛脫，呆在當地，當時眞想坐在地上放聲大哭；一時萬念俱灰，不知怎麼辦。忽然卻迷糊起來，想著那衣服我會不會根本沒帶上車？當下打電話給女兒，叫她下樓騎機車載我回社區找找看。女兒咳聲嘆氣地下來，那時已十二點四十分啦。」

母女倆回到現場，她回想到與狗友分手後又去餵了三隻狗，便循著原來的路線，在微弱的街燈下一處處仔細尋找，果然在一個路旁水泥墩上看到了那包衣服。「我當時又一次全身虛脫，幾乎喜極而泣。」

什麼跟什麼嘛，簡直像一場鬧劇。說她糊塗嗎？好像未必見得。你看她坐車還會細心地去記車牌號碼和司機的大名呢。像我這種不曾在車上忘了東西的人可不曾如此愼重過。而且，夜裡搭車，她會根據車頂上的標幟仔細過濾，也會判斷司機是好是歹；白天搭車，更敢在下車時對那服務不佳的司機訓兩句，「當然對那不好欺負的就不敢，照子要放亮才不會吃眼前虧。」她大笑著補充。更不可思議的是，近視五百多度的她不戴眼鏡也可以在台北「橫衝直撞」——據說去配眼鏡時，那認識她的眼科醫生一時非常緊張，以爲昂貴的驗光儀器壞了。他哪裡想得到雙眼明麗、眼神堅定自信的她有如此深的近視，而無需借助眼鏡卻能夠在台北「遊走」？甚至夜裡也來去自如。多數近視族不是不戴眼鏡就面容呆滯、連話都聽不清了嗎？

比起來，我這個不在車上掉東西的人可沒有她「聰敏」；不僅弄不清楚車頂上的品牌代表什麼樣的服務品質，根本還沒有來得及看清上面的字就已坐上去了，而心裡存著「哪有那麼多壞人」的僥倖心理。她在叫車上表現的嚴謹，和琦君大姐的丈夫倒不相上下。琦君曾在文章裡形容他，「老虎追來了，他還要回頭看看是公的還是母的。」

或者你以爲她是個糊塗、閒來無事餵餵流浪狗的平庸女人？非也，發生如此一件烏龍事件的下午她才去一家五星級飯店和人談了一件爲某大企業家寫傳記的大事。因爲曾爲一名政治人物寫過傳記，創立了聲名，接著有幾個名人指名要她寫。她的名氣也不只建立在一本傳記上，之前她編過幾本大型雜誌，在採訪、編輯以及企畫上已有口碑。這樣的人當然是頭腦清楚的。

可見老天在細節上頗有講究，對那記性好可以把笑話說得很好笑、頭腦清楚可以把傳記寫得有條有理的人，總要給她一些迷糊到教人張口結舌的特質；如此，她本身能夠紓解神經，別人的心理也可以得到平衡。堤防總得有幾個閘門以備必要時排水；鐵軌敷設時不也得留下空隙，好在熱脹時有個喘氣的空間？

一九九七年四月六日，中華日報副刊

或者文藝創作也可以如春天的鳶尾花？

以前一位前輩作家在氣候陰濕、心情鬱卒之際收到我的書，說她讀了我的文章，好像「又活了過來」。日前正在情緒低潮的時候收到你的長信，我就有這樣的感覺。不過也有一些慚愧。

生活本來就有低潮高潮。有個朋友是出了名的神經質，每日爲自己的身體狀況做記錄，以做就醫或保健的參考。她早早發現自己一到秋天每日晨起就惆悵不已；少女時期如此，早過知天命仍如此。但她生活規律，定時打坐、寫作、爬山，所以秋天的憂愁對她的生活好像沒有實際的影響。我不一樣，我從來沒有時間表，不知道什麼情況下會落入低潮期；落入了也不思振作，就咳聲嘆氣地過。最樂觀的解釋也不過就是賴給「天氣」。

也不盡然是氣候的緣故，有一天和兩個個性相近的朋友吃飯，對一些很有勁爭名奪利的人大表「羡慕」——他們因爲有目標，不懂「淡泊」，所以活得有生氣。我們還說「無欲則剛」應該有新解，無「欲」如何能「剛」？根本就打不起勁嘛。可嘆這世間上有很多智慧並沒有比人高的，有欲、有旺盛的企圖心，並且極力謀取，居然得到較好的地位後，還要起權威來；我們可能還要去看他的臉色。不僅生活周遭有如此令人氣短的現象，位高權重影響到我們生存環境乃至我們的未來的政治人物何嘗不多的是智商和EQ不怎樣的人？

說得無奈，我們說要「相約去撞牆」。是笑著說的。

在這種心情下讀你從巴黎飛來的信，知道你正在構思一個推理長篇，只待對國內司法制度有足夠的了解就可以動筆，知道你定時游泳、常時散步；而因此得到啓示、奮發起來嗎？未必，有些「感應」倒是眞的。

你想必也有心情低落的時刻，但是這幾年你寫了不少作品，長篇小說一本一本地出版，還有精闢絕妙的散文。你知道我偏愛你的散文作品，擔心我不喜歡你的小說，常要預想我可能不認同的地方，爲自己或書中人物做一點說明；甚至先下手爲強，「體諒」我早已過了「獵偶階段」，對愛情冷漠，所以不會爲愛慾類的作品動心。前不久，你有一部長篇在報上連載，你告訴我「它的可貴處是人物都寫出了個性，呼之欲出，而且還挺可愛，可視爲一種類型人物的樣本與典型」。饒是如此自信，你卻在信中說「有一件事不能不提」，就是正好我有一篇短文與你長篇「同台演出」那天，是你整部小說最壞的一段，「我一看到你就正好在旁邊冷眼看我出醜，心中大叫不妙，心想你大概以為這個朋友十數年來如一日地不長進了。」你還要我千萬千萬不要對這部小說斷章取義，「等出書時我送一個完整的版本給你看再下結論。」

看你每回如此在意我的看法，眞教我感到自己的「偉大」呢。但是也有些受之有愧。雖說我編副刊時我們在原先的友誼基礎上又建立了非常好的編者與作者的互動關係；但在文壇上你早已知名，不靠我來「鼓勵」、「提拔」。每回收到你由歐洲寄來的專欄稿子，我那天便絕對心情愉快。你是少數讓我收到稿子就在心中特別珍愛自己的工作、肯定自己編輯的刊物的作者之一。不僅因爲你寫得好，也因爲從你的作品，我看到了一個朋友的成長和她美好的生活——結婚前你的生活可是過得很沒有章法的。

有一次你給了我一個長篇，當我告訴你我要用時，你卻在信上說：

「本來是等著你退我的稿子的，知道你願意要，還眞有著快意的失望。我嫌惡自己創造出來的主角，我對她既沒有同情又不願了解，……我想讀者讀了也要嫌惡她的。我得重新寫，所以你暫時不要考慮發表，直到我認爲可以問心無愧地交給你爲止。如果當眞改不好，我就拿去隨便找個什麼地方發表，免得壞了你對我的評價。」

有一次你告訴我：

「我創作面臨一個瓶頸，達不到自己要的那個水平。構思時是一回事，眞正動筆時又是另一回事，書桌抽屜裡堆滿寫了一半的稿子，大約平均寫五篇才有一篇能夠完成，心裡煩得不得了。我不想做一個聊備一格的作家，藝不高卻膽大，老臉皮厚地製造文字垃圾。我不知道我是不是能蛻化、升級，只有不斷地寫、不斷地磨這枝禿筆了。」

當我告訴你我換工作不編副刊時，你很失望，說那系列文章，你寫的時候因爲心目中的讀者是我，心理上的創作空間十分開闊。眞的，讀你的文章，我也覺得是在分享遠地朋友的生活。並不是每個編者與作者之間都能有這樣的互動的。不過你也說日後有佳作時還要寄來讓我「驗收成績」。

我是常在報上「驗收」你的成績，看到你有作品發表就覺得高興。對於我的閱讀心情，你說得有趣，可也未免霸道吧？難道過了所謂「獵偶階段」，就一定要「對愛情冷漠」？做個旁觀者，愛情還頗有賞析價值呢。而且也許因爲生活被太多血腥社會新聞和勾心鬥角的政治新聞所擠壓，看電視或讀小說時，我反而回到年輕單純的歲月，寧可選擇愛情故事。珍・奧斯丁的作品拍成電影的，還可以每回看每回感動。所以你不要以爲我會「先天地」低估你的小說；每次讀你的長篇小說，我仍然覺得很「好看」。好看兩字很籠統，可卻也很實際。

我同時「驗收」的是你的生活。

一個當年我以爲不可能被「家」枷住的女子，居然結婚，居然有極好的持家能力和育兒成績，多年來我仍覺得神奇。波斯灣戰爭開打，你在巴黎的電視上看到市面上已發生嬰兒奶粉短缺的現象時，「整個兒從沙發上彈跳起來」，快速更衣，把層層襁褓裹好的三個月嬰兒放入嬰兒車，開始做囤積奶粉的長征。在住家附近一家藥房買不到你要的品牌的奶粉時，你「一語不發掉頭就走，一口氣推著嬰兒車跑了近兩公里路，到了城裡才停下來順氣」。接著逐家去收購奶粉，而爲了怕引起囤積稀有物品的懷疑，你每家只買一公斤。兩個多小時內，你跑遍城裡所有的西藥房，買到八公斤、足夠小孩吃兩個月的口糧，弄得寸步難行，只好打電話向丈夫求援。你丈夫說你和大字不識的愚夫愚婦沒有兩樣時，你不抗辯，「因爲我認爲母親的本能是不需要抗辯的。」

這段故事我印象深刻，雖然想像一個心慌意亂、嬌小的東方女子在巴黎街道推著嬰兒車長征的情景很有卡通趣味；但是那種母親的強悍耐力也讓人不得不佩服。在國外，缺少親朋好友的奧援，你還眞必須強悍、有創意才能把家經營得那麼好。你很會做菜，丈夫孩子都不愛上餐館；你頗自豪地說要不是法國廚房刀不刀、火不火的，什麼菜都考不倒你。我最近讀了幾篇把「烹調小事」寫得很「入味」、牽引出讀者味覺與視覺甚至情色的小說，再看看你，不免想著作家也是廚師吧？擅於調和鼎鼐就擅於調理色香味俱全的文字。而你把兩個兒子教養得壯實聰明，倒讓我想起多年前你的一番論調。你說女人比男人聰明，所以男人應該負責賺錢，女人負責教育下一代。那時可沒想到日後你會身體力行，把母親這個身分做得非常專業；行有餘力，也可以做一個專業作家。

你每天送兩個孩子上學放學，再加中午去接他們回來吃飯再送回去，同一條路每天走八次，加起來長達六七公里。而且不是走，是用慢跑的速度進行。這麼會走路、這麼愛走路，所以你說假如穿雙舒服的鞋子，相信自己是可以徒步環遊世界的那種人。更讓我佩服的是，你游泳是無師自通，第一次在游泳池旁羨慕人家優游自在，有樣學樣，第二回去就游起來，然後很快教會了兒子。你在信上說現在每周游泳兩回，每回游三小時，技藝大進。最高紀錄一口氣在二十五公尺長的池子來回游了五十二趟，相當於一千三百公尺。好厲害，難怪你相對想起我書上寫的年輕時炒菜還得拉把椅子坐下來休息的「嬌弱形象」。你說：「我不太愛打網球，網球打個半小時就累得像一隻老狗。游泳則不一樣，它緩和優雅，能滌俗慮去百病，我經年性因自己是個壞作家而滿心挫折，還連累到胃；但每每一下了水，就把這些世俗的得失忘得一乾二淨，眞正享受到一種最純淨最直接的生之歡愉。」

讀到這些，回想到自己其實也有些長進，三四十歲年紀炒菜時要坐下來，現在炒菜卻可以對著後面人家做「頂禮膜拜」般的健身操。雖然不能像你那般一日走六七公里，基本上我也喜歡散步，很能享受散步的快樂。尤其到楊梅度假時，帶著狗散步是例行的活動。在散步的時候感到自己享受著單純而「眞正的」生活本質。

說到生活，有一天，一個也很喜歡你作品的朋友告訴我你現在已不把寫作當做最重要的事了。喔？她在做什麼更「偉大」更重要的事呢？你我一直有連絡，我竟不知道。她把什麼看得比寫作更重要？朋友說：「生活。」

說得如此莊重認眞，我失笑。你把生活看得很重要，我一直知道的；可是我不相信有一天你會放下筆。你是看到字就要讀的人，連炒菜等鍋熱都要趁機念兩頁書；而且你愛寫，對寫作的在意早已是生活的一大部分，不然何以會苛求自己到「經年性因爲自己是個壞作家而滿心挫折」？寫作本來就是寂寞的事，你多年與台北文藝圈隔閡，也許更有身處文藝邊緣的寂寞吧？好在文藝以長遠的眼光來看，存在著遊戲的公平法則，製造爭議話題，或糾結朋黨，彼此敲邊鼓，把文筆粗糙說成「文風奇特」、「饒有拙趣」，或者爲討好某一種水平的讀者而創作，並無多大的意思。對於寫作，你說，「我唯一當做的就是寫，有稿紙這塊精神的一畝三分地，日子就可以過得很踏實了。」

創作對你如此重要，因爲它是生活的延伸。或者可以說，創作於你根本就是生活。

這封信原本是在講低潮情緒的，寫著寫著卻脫離了主題。因爲你不平著每回你的信長篇大論卻久久盼不到我的回音，我才決定給你寫一封長長的信。但開始寫時並無多大的勁，分幾次寫，竟從潮濕的天氣寫到春暖花開，心情自然也有變化。現在從書房望出去，非洲鳳仙開得鮮麗熱鬧，那棵紫藤我原在憂心她怎麼沒有動靜，卻一旦發芽就不可收拾；短短幾日之間，婀娜多姿的葉子已鋪滿了花棚。花壇上的鳶尾花最性格，嘩一聲就開數十朵，而且是和鄰家的約好了一起開，開一天就一起謝幕，絕對沒有一朵花落單。自然界有她的法則，是我們不明白的。好像也無需明白，只要能享受她的美就好了。也許文藝創作也可以如鳶尾花，只要認眞開一下，吸引有緣的「小眾」也就可以了？春天是戀愛的季節，也適合濫用想像力，什麼都可以牽上線，我就這麼前言不接後語地結束這封信吧。

一九九九年六月四日，中央日報副刊

鄰人眼中的鄰人

所謂「鄰人」就是最普通、最平常的人，甚至有人說偉大的哲學家在鄰人眼中只是一個瘋子。據說詩人也是。

鄰人看到的鄰人都是衣著邋遢隨便、下樓拿報紙或掛號信的人。女性鄰居更是穿隨時可以淘汰的衣服出來丟垃圾，或頭髮散亂、汗流浹背地推著菜籃車；一概與她在外面的表現無關。

所以有一次我在樓下碰到三樓讀高中的小蓓，對著她四五個同學說我就是某某女作家時，說：「周媽媽，她們都很佩服你，可是好抱歉，我不曾讀過你的書耶。」我一點也不訝異。我很慶幸的是，那回我不是買菜回來而是下班回家，衣著整齊。

多年鄰居，早已習慣了大家「普通人」的身分。就以小蓓的媽媽俞太太來說吧，如果我在媒體上讀到有關她的報導，一定會很佩服；可是既爲鄰居，一切平常心了。

當然她是値得佩服。她樂觀開朗，幾乎與附近的人都是熟稔的好朋友；多年前丈夫纏綿病榻近一年後去世，她便莊敬自強，把他的公司搬到家中，繼續運作。她本來就有豐富的工作經驗，膽子又大；英文不好，也敢獨自飛美國去接洽生意。有一回聽她娓娓道來她的工作情形，我便認定她是如假包換的「女強人」——看似不怎樣卻堅強能幹打不倒的女子。

平時她看起來可很「普通」，尤其講起家常時。她丈夫去世時，一兒一女才上小學，這些年——特別是兒子的青少年時期——在教養兒女上當然也有挫折；但她的口氣總是一貫地稀鬆平常。她兒子上國中時常遲到，她笑說：「這是我們這個樓梯的風氣，我記得你兒子以前也常學校的鐘聲響了，才急忙奔下樓梯。」她兒子高中時迷電動玩具，常半夜才回家。據她形容，「一回來就累翻了，沒力氣走進臥室，更別提洗澡，躺在客廳地板上就睡著了。」可她居然還是笑著說的。她曾以控制他的零用錢來減少他去打電動的機會，他卻把午餐錢拿去打，餓得人是又細又長，看得她心疼；但還笑著：「氣也沒用，我把兒子當做我的道場。他來考驗我，讓我修行。」那時她已皈依佛法，常隨師父去做慈善工作。

好在那孩子很聰明，興趣又廣泛；上了大學後，打曲棍球、學電腦都頗有成績，甚至暑假打工做過水上救生員。妙的是有一回打工的地方不太遠，他穿直排輪鞋來去。據他說溜一趟只要二十分鐘。那年直排輪根本還極少見，他是「先鋒」。

他的妹妹倒是完全不要媽媽操心，乖巧，會讀書。我每日下去拿報紙時，偶爾會看到她們門上貼著便條紙，上款「超級大美女」，下款「大美女」，有時這樣的條子在隔壁木門上出現。第一次看到還以為兩家太太自我「標榜」耍寶，看其中留言才知是兩家女孩的遊戲。看到這類條子那天，我就特別開心。四層樓的普通公寓房子，大家平時各忙各的，不大見面；偶爾在樓梯間有這樣的訊息不是很有意思、很春天嗎？俞家「大美女」收到聯考成績單時，我問俞太太女兒可以上哪個學校？她說台大。哪個系？「法律系國貿系企管系隨便她塡。」我笑她好「神」，衷心替她高興；對她說我們這個有「遲到風氣的樓梯」出了一個台大的啦。

不過，上面說如果從報導上讀俞太太，我會佩服，不是指她的樂觀開朗、她的獨力把小孩教養得好好的，而是她在自己忙碌的情況下為別人做的事。

有一天她來找我，要我為她正在編的一本書的文章做修飾工作。前不久我才知道數月來，她每二周去一次中部的監獄看受刑人，帶他們讀《大悲咒》。後來發現效果不錯，教化師希望她擴大範圍，她便送了數千本《大悲咒》和《心經》，以「榮譽教誨師」的身分，負責女監、女所的教化，輔導讀經。六個月下來，服刑的人對經書由排斥而喜歡，而不再浮躁不安，並省思自己的所做所爲。所以爲了鼓勵，也因爲他們的作文成績可做爲假釋的參考，便要他們寫文章。她選了一部分，讓我修改。

她會走入監獄，也是一樁機緣。她有個朋友因爲吸毒在獄中服刑，她去看他。第一天去，探監只有十分鐘，朋友希望第二天她再去，爲他買一隻燒雞。第二天她打電話去，接電話的人開口就說「阿彌陀佛」，使她以爲打錯了號碼。後來去，與那位教化科長聊起，才知道他也信佛，兩人談得投合；她又是非常熱情的人，便答應來輔導工場的受刑人讀佛經。

從此她風塵僕僕開著車在高速公路上來回奔馳。剛知道她做這件事時，我要她下回去時邀我；不過很慚愧，第一次辦公室有事走不開，第二次我兒子從軍中休假回來。以後她就不再找我了。我眞服她，夏天那麼熱，她也像個曠野俠女，直奔南下。

那四十多篇受刑人文章的內容和技巧，比我預期的好得多，顯見有不少人受過不錯的教育。更好的是，不少受刑人從誦讀《大悲咒》中悟到自己的暴戾、怨天尤人、辜負父母、損己傷人的瞋恨心，而生懺悔、改過的意念。有些人甚至因此印證了佛法的力量——比如成功戒了毒。大部分受刑人強調起初很不耐煩誦經，久而久之，居然從「簡單的音調、樸實的旋律」中得到心靈的平靜。讀這些發乎至誠的文章，俞太太自然很有成就感；而我修改並給每篇文章下標題，因爲參與了這麼有意義的事而高興。

不過，平時我還是不會記得這種事的。碰到她，我仍然「平常心」，不會把她看成「菩薩」；而只是有緣住同一棟公寓二十多年的鄰人。鄰人眼中的鄰人都是普通人嘛，會衣著「請裁」下樓拿掛號信，也會偶爾忍不住大聲斥責孩子，見面時則不過說幾句最凡俗的家常而已。

二〇〇〇年六月六日，人間福報

春天還一樣嗎？

去年紫藤沒開花，今年不知爲什麼，補償吧？葉子還沒長好呢，居然就迫不及待地開出一串串細細的紫色花，非常柔媚；連落在地上的花瓣，也有一種細緻的春意。

鳶尾花去年是一次數十朵一起開，現在則零零星星地開。「嘩」一聲齊心一意，顯得很有組織很有氣勢；一朵一朵地開，卻好像小姑娘在樹林中尋幽探勝。倒是非洲鳳仙一叢一叢的，熱鬧得很。有些雜色花瓣的，是去年在楊梅跟一位太太要來的，她院子裡的花在那一帶特別出色。花草的生命何其堅韌，不管是幼苗或只是一段段莖隨手扦插，都可以長成、開花。也不因從楊梅山坡地移植到台北公寓的頂樓，就水土不服、影響它的生機。

母親走了，在這個世界上消失了。坐在書桌前楞楞地望著小園裡植物的變化，心裡有一種隱隱的無法歸位的失落與悲懷。做「七」回去時，哥哥要我們回到台北也打個電話回去，「像媽媽在時一樣。」可是僅僅這個叮嚀就叫說的哽咽、聽的眼眶熱了。能一樣嗎？以前雖然一年也不過回去兩三回，但平時有事沒事可以打電話，知道電話響很久後媽總會來接——因爲一再告誡她不要急，免得跌跤。我的開場白常是問母親在做什麼？早些年她的身體不錯，我最愛聽到說她剛才去隔壁阿珠家聊天，或者說正在澆花、看花。當她說某一盆又新抽了一片葉子，我也跟著歡喜。我也喜歡聽她說她孫兒女精采的成績表現，或者哪天和阿賢阿姨去看了麥寮某個戲班的歌仔戲，或者，「狠狠呷一碗切仔麵」買票去看了楊麗花的戲；然後再帶著懷念的口氣說孩子們還小、手頭很緊的年頭，爸爸也不曾反對她花錢去看戲，「這世人，對自己，我嘛只有看戲的錢甘哩開（捨得花）。」……相對地，聽到她說沒代誌做、躺著，我就不免爲「老人家」的寂寞感到無奈、悵惘。最怕的是聽她說「昨暝一暝睏未去」，操煩東操煩西。

做爲一個母親，她的煩惱沒有截止日，爲已婚、要養育幾個兒女的兒子操煩，也爲另一個沒有結婚的兒子操煩。說到這些，我也只能嘻嘻哈哈地「開導」幾句，跟她說她算好命啦，兒女沒有爲非做歹的，也沒有像誰誰家兒女那麼不長進。……

有時我做了自認爲了不起的事，也會急忙跟她報告。比方，買了一台縫衣機，做了幾個面紙袋和可以擺花盆的墊子，心裡的得意快溢出來；跟她說了，順便「褒」她一下，說我遺傳了她的巧手。她也聽得心花怒放，還下一個定論，「經濟上」。意思是自己縫東縫西，可以省錢。

有一年春節，我窩在家中爲她做了一件棉襖。成長期，我們七個兄弟姊妹的衣服都是母親親手裁製。買了縫衣機，爲自己做了兩件「寬袍大袖」的衣服後，我就興起爲母親做一件衣服的強烈意願。用「車棉布」做，不難；但是不會做領子，在電話中請教大姊，自己土法煉鋼，終於完成了一件淡橘黃色的花棉襖。那個冬天，母親心情灰敗，因爲跌了跤、在床上躺了很久。電話中告訴她我做了一件衣服，輕軟，她起床時穿披方便。……

去年四月，她又跌了一次，幸好後來有了印尼傭西蒂相陪、照顧。西蒂很聰明，分辨得出四個「姑姑」的聲音，接了電話，開心地說兩句後，就把電話拿給媽媽，跟她說：「阿嬤，沙（三）姑啦。」媽媽是愛說話的人，意興闌珊時，有人陪她說話，精神就來了；不僅中氣十足，還欲罷不能。以前還沒有西蒂，回家與她共眠時，半夜醒來，她也要說話，我必須假裝睡著或直言抗議。電話裡的聊天比較精簡，她怕太花電話費。而這一年來，我電話裡苦口婆心常說的是要她少躺在床上，多走動，坐著時做做甩手甩腿動作，走路要記得用三腳手杖（好笑的是她常「提」著它走）；就算走不了幾步坐輪椅，也要西蒂多推她在小巷子裡曬曬太陽，不然很快就無法行走了。「而且老是睏，人會變憨的，你這麼巧的人。」說到她的「巧」，母親的心情總是很好，她對自己的頭腦一向很有信心。我說自己以後不知會不會很快變憨、失智，她都說不會啦，因爲是她的女兒。

但是過年回去，我們很明顯地覺得她的話少了，而且嗜睡。我隱隱有「燈火要熄了？」的憂心。矛盾的是，過了兩個星期她眞的生病了，我回去探望，卻反而天眞、安心地認爲不會有事；才會在返北次日的凌晨被一通電話驚嚇得渾身打顫。

清明節凌晨，我做了一個夢，夢中的母親大約六十歲。她到我們在楊梅的家玩。第一個場景，我和她睡在一張大床上，她嫌早晨的陽光太亮，起來拉上大窗帘。我欣慰地想著，媽很健康呢，行動如此利落。第二個場景，我帶她出去散步，卻不知爲什麼坐上一輛奇怪的車子，長長的，每排只兩個座位——開敞的，連前面都沒有遮擋，我們就坐在第一排；車子開得飛快，好像宮崎駿的卡通《龍貓》裡那輛貓巴士。一路風景很好，少少的平房藏在樹林裡，天空高曠，視野邈遠。車子開了好久，我疑惑著說不定都到天涯海角了；想叫人停車，卻無人可叫。後來好不容易停了，路邊站著一個收票員。跟他說我們是出來散步的，沒帶錢（我手中卻有一張CD），他說不要緊，兩天內給錢就可以。……

醒來後，我仔細回想這個夢，所有場景是那麼清晰，這個夢有什麼涵義呢？母親一向愛說話，是不是她要對我說什麼？最後告訴自己，那個天空高曠、風景純淨美麗的地方想必就是母親去的地方了，心裡因此有一絲安慰。我的「安慰」包括過年時我們都有回去，兩周後她生病，在外的手足也都先後回去探望，和她親暱了幾天；最重要的是，母親得享高壽，最後又幸好沒受多少肉體上的苦。

告訴自己，反正以前也不是經常會見到母親，就當做她還在中部的家裡吧。可是一天天下來，她不在了的事實卻越發眞實。「像媽在時一樣」，電話拿起來，卻不知要打給誰。以前回娘家，一定窩在母親身邊有一句沒一句地說，或者乾脆拿出小本子，把她精采的話記下來；要到實在不能不回台北了，才在母親「擱轉來」的殷殷期望中離開。現在回去，該做的事做完了，就惶惶然，坐也坐不住。我對同樣住在台北的四妹說：「以前回去是看媽媽，以後回去是看哥哥嫂嫂了。」想到這樣的改變表示家裡已沒有「長輩」，心中像有什麼被掏空了。

春天，鳶尾花開了，紫藤花開了，還不時看到兩隻白頭翁在樟樹上唱歌，天地之間處處有了生機；但是人走了，只剩下綿綿的思念。這樣的春天和去年的春天會一樣嗎？

二〇〇〇年五月二十三日，中華日報副刊

恍惚

那天很冷，墓園空曠，冷氣冷風自由流動，沒有一點阻擋。那做墓的漢子可穿得少，讓我特別注意的是他臉上的刻痕。做勞力的皮膚呈健康的古銅色不稀奇，稀奇的是他那非常深的皺紋，眞像雕刻刀一筆一筆刻的。我的兄弟和他談著價錢，以及式樣、建材。他說我們看中意的那「門」是某企業家的老母的，因爲建材比較好，墓面上用的是「紅寶石」洗石，所以貴些。如果我們就照這個式樣做，他可以給我們一樣的價錢。……

他的臉讓我想到梵谷的畫，已好久沒想到那年在阿姆斯特丹梵谷美術館的感動了——或者說震撼，現在卻彷彿又看到梵谷的作品。也許因爲空曠的背景使這個人的形象更突出吧？鄉下人，臉卻不村俗，輪廓分明，連皺紋都很有個性；就那麼豎的橫的五六條，深深的，沒有「非必要」的細小瑣碎的紋路，非常乾脆利落。

如果他不是雕塑作品，就是一幅油畫，油彩很厚，用刀刮出線條。我一直看著他的臉，像看一件藝術作品。叫弟弟看，他也同意這是一張皺紋很特別的臉。

我們的祖父也有類似的臉。祖父是農夫，可也沒有人們刻板印象中鄉野、土氣的臉。高鼻深眼窩，笑起來像赤子。我遺傳了這種鮮明的輪廓，年輕時甚至有朋友以爲我們家人有荷蘭血統。

站在這空曠的野地和做墓人談話，聽他說不必擔心持續下雨的天氣，他會撐起帳篷，讓那一小塊地風乾。他指指稍遠一個尚未完工的墓，上邊撐著一面藍白條紋的大篷子。我們走過去實地了解，四邊已砌好紅磚，只差灌水泥、貼磁磚。他指點我們看他特別頂眞的部分，「雖然九年後就要撿骨進塔，嘛是愛工夫做。」

至於方位的問題，他說公墓是一定的規格、方向，只要壽材面對地理師定好的方位就可以了。

耳中聽做墓人講著這些細節，眼睛遙望著遠處的大樹，忽然想到兩三年前，爲了外公的骨頭進塔，我不是和母親到過這兒嗎？

是九七年的夏天，二妗選好了日子送二舅和外公的「金斗甕」進靈骨塔。大熱天，老母親居然堅持也要參與這件盛事。自從先後兩次跌跤後，她走路已不怎麼利落；勸說不聽，後來我決定休假回來「護駕」，兄嫂姪兒女上班的上班讀書的讀書，根本沒有人抽得出空全程奉陪。

我特地爲這種重大的事回娘家，母親非常歡喜，虛榮地對二妗和三姨說我很有孝，一聽說外公要進塔，就特地休假回來。其實我對外公根本毫無概念，他在母親十一歲時就去世啦，我只是不放心老母親；我「罵」她不認分，八十八歲的人，這麼熱的天，曬出病來，給做晚輩的加麻煩、加艱苦。這幾年，別說喪事，有時就是喝喜酒，路途稍遠、沒有專車接送的地方我們都要阻止她去了。她聽我一再以氣急、「恨鐵不成鋼」的口氣說不必什麼事都要參一腳，有事兄嫂去就好；自己笑著解嘲：「我就是教不乖，歹教示啊。」角色互換，現在是我們在「教示」她啦。

那天我們八點就到了公墓的靈骨塔前，在年輕的地理師指示下開始祭拜。這回要進塔的有三代人，二舅、外公之外，還有外公的祖父。中間缺了一代，母親說因爲外公的父親被土匪殺了，連屍身也沒見到。三個金斗甕並排，我發現外公和他祖父甕上的紅字寫的是「顯考妣」，妣字是多餘的啊。我提醒表弟這個錯誤——這回呂家盛事，他是主角；他也訝異，對地理師說，地理師回答：「沒有關係，他們的靈都不在甕裡。」

祭拜時，母親三言兩語就說完了，對三姨說她比較會說，就由她多說一些。三姨其實也只是把今日來此的意義和心意重複對她阿爸宣示一番而已，此外也說不出什麼了；外公去世時，她才兩歲。對外公說過了，再對二舅說，她與二舅年紀最接近，兩人又是愛說笑的個性，到了六七十歲的年紀，仍常常拌嘴、答嘴鼓、互相取笑。

母親不會對著她阿爸說，卻細細對我說著小時候她阿爸非常疼她，她和二姨常一人一邊坐在阿爸腿上搖晃，那是她童年裡最幸福的一段日子。後來她阿爸意外死亡，她從此必須做很多家事，照顧弟妹；小她三歲的二姨卻可以去讀「公學校」，過完全不一樣的日子。……說到這些「遠古」舊事，母親仍然爲她父親的早逝傷心，仍對他充滿綿綿的孺慕之情。看來我們之反對她來參與這件大事是不近情理、對她缺少體恤。而我特地回來，的確做對了一件事。

她是那麼緊張愼重，祭拜的牲禮要嫂嫂買比較「大副的」，昨晚看嫂嫂遲遲還沒回家，就要自己煮燙那三牲。我哪敢讓她去與它們奮戰，只好自告奮勇。但那麼大的雞在鍋子裡好難翻身，弄得我手忙腳亂。而且吃力不討好；嫂嫂回家時，說她本來決定當天一早燙煮的，晚上燙，這麼熱的天壞得快。母親給說得訕訕然，半夜想想不妥，起來把它們冰起來。冰箱裡原本塞得滿滿的，費了好大的勁才爭取到空間。想得到母親大約煩惱得根本睡不著，所以我笑她「雞婆」。

可那麼有分量的三牲，母親看著是很歡喜的。回家後仍在說著那麼大的三牲，排起來「眞好看」。尤其一向禮俗「從簡」的三姨，這回的牲禮居然也不小，母親心裡有「好佳哉」的滿足。

冷風颯颯中，聽著做墓人的話，回想著母親那日的傷懷與歡喜，我疑惑起來，這地方很像我們兩年多前來的地方啊。上回來的地方路邊上好像也種有檳榔樹，我陪母親走一段對她來說很長的路去上廁所，她還不忘對我說好佳哉我回來。快八十歲的三姨一起過去，她有點胖，但穿兩寸多的高跟涼鞋，仍身手靈巧。我驚嘆她一貫的美麗又本事大；好奇問她爲什麼在衣襟上繫個小鈴鐺，她笑瞇著眼說，叮噹作響，一個人走路時也「有伴」。……

兩年多前的場景如此清晰，這條檳榔路看來又頗面熟。我是很沒方向感的人，站在那兒深深困擾著，又極力要弄個清楚；問同行的手足，卻沒有人知道，那回只有我陪母親送外公進塔啊。哥哥說外公、二舅父子是東山人，應該不是在這個靈骨塔吧。唉，何必想得這麼用力呢。我說：「回去問媽就知道了。」「是啊。」弟弟回答，然後我們同時楞住。家裡的媽媽還能回答我們的疑問嗎?昨天她就忽然「走了」,我們到這兒不是爲的給她選擇長眠之「厝」的樣式嗎?想到此刻家中那張安詳但永遠不再對我們絮絮叨叨訴說家族故事的臉,我恍惚起來,不知道這是事實還是夢。

二〇〇〇年六月十六日,自由時報副刊

常常想到您

常常想到您。

昨天一個朋友說起台北文化界三個最讓她羨慕的女子，讓我想起二十多年前我就斬釘截鐵地列出我心目中的三個文壇美女，其中第一名便是您。這麼多年下來，您和其他兩位仍是我心目中的美女。除了外表的美之外，還有智慧的美，所以不會隨歲月而褪色。

年輕時連跟您說您美都不敢，因爲「怕」您。

高中開始讀您的書，國文老師建議我多讀您的文章、模仿您的筆調寫作；所以一旦成了文藝青年，見到了您，先天上就有一分仰之彌高的敬畏心理。尤其您是文壇重鎮，一向非常權威，甚至有您同一輩的人說您霸氣。有您在的場合，大家興味地聽您以標準的京片子說一口「瓜拉鬆脆」的話。做爲晚輩的我，自然只有敬謹聽話的分。

您的聲音眞好聽，更吸引人的是您俏皮風趣、勇於尋自己開心，隨便說什麼都能成爲眾人注意力的焦點。

您這一輩幾個要好的文友常在一塊兒聚會，偶爾我也有機會坐一旁聽您談文論藝，或一些有趣的生活話題。有一回，您說起去國外女兒家小住，告訴女兒這趟出來特別高興。女兒說當然是因爲見到兒孫們啦，「我說少自我膨脹了，見到你們有什麼稀奇；是因爲這回即使住在旅館也每天一起床洗把臉就可以見人。」

在大家一頭霧水時，您指指眉毛，「我去紋眉啦。紋時可是痛得眼淚都要流出來了，可是現在多方便。」

那是將近二十年前的事了，可見您多麼有勇氣，又多麼「先進」。

您還提起自己喜歡逛地攤，每天去國父紀念館運動時帶了錢去採買。「以前只買買青菜豆腐，後來買衣服；現在不得了啦，連民藝品、骨董都有，我錢越帶越多。有時錢不夠，就回家去拿。」說著大笑，「你們知道，何凡在他的『玻璃墊上』天天罵流動攤販。……沒辦法，禁不起誘惑嘛。」

聽您這麼說，大家也笑，好像面對的是一個小女孩，沒有人去道德批判您扯丈夫的後腿。

因爲「怕」您，看您如此「天眞可愛」，更覺得稀奇。可是要我獨自面對您，我還是很緊張、惶恐。有些「怕」，現在想來，其實很可笑。比方有一回您義正詞嚴地說現在的年輕人沒有分寸，該叫您阿姨或伯母的人，卻喊您大姐。聽您這麼說，我以後都不知如何稱呼您了，因爲我正是隨著文壇的習慣喊您大姐的。後來總算給自己定了規矩，稱呼您「林先生」或林老師。而還要認眞地跟您解釋我說的「先生」是台灣話的「老師」。

還有一次，婦協辦的活動，到北海岸「遠足」。我比較早在遊覽車上坐定，您上車時，向我走來，說：「靜娟，我是不是你的朋友？」「是啊。」我睁大眼睛，不知您要說什麼。「那麼我可不可以坐你旁邊的位子？」「當然可以啊。」

您坐下來後，也不知我哪根筋出問題，過一會兒居然跟您說我原先答應和某某人一起坐的，說著就換到剛上車的某某人旁邊去了。我並不是臨時編台詞，可這又不是什麼事關誠信的大事，哪値得我把您「扔」了！後來在一個定點大家下車看風景，您說：「有些人不知爲了什麼理由，不喜歡我呢。」眞教我有口難言。

這種莫名其妙的畏懼感直到多年後才消除。

在我當副刊主編期間，請您開了一個專欄，談讀書。您的閱讀範圍很廣，又讀得勤，每次至少介紹兩本書。介紹的書無所不包，文學的、歷史的、旅遊的，以及童話。我由衷敬佩的人爲「我的」刊物寫稿，而且寫得非常認眞，我是敬謹對待，不僅仔細讀稿，還親自做最後一校。有疑問或有不同的意見，馬上電話向您請教。有時您爲我解疑，有時欣然接受我的看法；讓我感到那段日子過得特別扎實。有一回您寫的是到京都訪問兩位文人的過程，我在電話中告訴您這篇有些「瑣碎」。話一出口，就發現自己好「大膽」，怎麼講話如此不加修飾。您卻爽朗地說你看著辦吧，你是主編。過一會兒，您打電話過來，說：「你說得不錯，是有些囉唆……」我趕忙糾正，「我不是說囉唆，我是說有些……瑣碎。」本來想換個比較委婉的詞，一時也想不出來。好在您不以爲意，告訴我哪一行哪一句刪掉，「這兒是有些多餘，人家又不認識這個人，他與整篇文章無關嘛。……還有這一段，回旅館休息就休息嘛，何必說洗澡梳洗。」說著自己咯咯大笑。

每次文章登出，您都要我多寄幾分給您，好去送給文中提到的人或對您的文章有興趣的朋友。您性子急，有時會先問知哪天登出，自己早早去買。有一回在一個文藝聚會上您聽說自己的大作當天登出卻沒看到我，打電話告訴我您本來想如果我在場就隨我去報社拿報。「現在你快下班了，只好明天再去拿了。」我告訴您明天星期天，您說您眞急著看，聽人家說登了幾張照片；但是既然明天不上班也只好周一再去拿了。

廣　告　回　信	
台灣北區郵政	
管理局登記證	
北台字第15949號	

235-62
台北縣中和市中正路800號13樓之3

印刻出版有限公司　收

讀者服務部

姓名：＿＿＿＿＿＿＿＿　性別：□男　□女

郵遞區號：＿＿＿＿＿＿

地址：＿＿＿＿＿＿＿＿＿＿＿＿＿＿＿＿

電話：（日）＿＿＿＿＿＿＿＿（夜）＿＿＿＿＿＿＿＿

傳真：＿＿＿＿＿＿＿＿

e-mail：＿＿＿＿＿＿＿＿＿＿＿＿＿＿＿＿

INK

INK PUBLISHING

讀者服務卡

您買的書是：______________________________

生日：________年________月________日

學歷：□國中　□高中　□大專　□研究所（含以上）

職業：□軍　□公　□教育　□商　□農

□服務業　□自由業　□學生　□家管

□製造業　□銷售員　□資訊業　□大衆傳播

□醫藥業　□交通業　□貿易業　□其他________

購買的日期：________年________月________日

購書地點：□書店　□書展　□書報攤　□郵購　□直銷　□贈閱　□其他

您從那裡得知本書：□書店　□報紙　□雜誌　□網路　□親友介紹

□DM傳單　□廣播　□電視　□其他

您對本書的評價：（請填代號 1.非常滿意 2.滿意 3.普通 4.不滿意 5.非常不滿意）

內容______　封面設計______　版面設計______

讀完本書後您覺得：

1.□非常喜歡　2.□喜歡　3.□普通　4.□不喜歡　5.□非常不喜歡

您對於本書建議：

感謝您的惠顧，為了提供更好的服務，請填妥各欄資料，將讀者服務卡直接寄回或傳真本社，我們將隨時提供最新的出版、活動等相關訊息。

讀者服務專線：（02）2228-1626　讀者傳真專線：（02）2228-1598

如此性急讓我訝異，寫作數十年，對文章的登出還有這麼大的興致！何況那些照片本來就是您給我的，居然還對它們在報上的面目好奇！我說您眞是可愛。您聽了，不肯定地說這樣不好吧，怪自己性子急；我說才好呢，現在的人都麻木、麻痺了，很多事都提不起勁，不像您什麼都興興頭頭的，多教人羨慕。

眞的，您教我一再說慚愧的是您的衝勁，每日過得很充實，而且一直明麗照人。每次有聚會，我會專注地欣賞著您；每次由衷地稱讚您，您就說：「眞的嗎？眞的嗎？」我知道您是很樂意自己的外表被肯定的，因爲您一直很愛漂亮。您的神態也有點「嬌嬌」的，說實在的，帶一點小姑娘的虛榮心呢。

您喜歡兒童文學，也譯也寫，這和您的童心想必大有關係。有一回，您看上一本法文的漫畫寓言故事書，央我找我教法國文學的弟弟來譯；他沒空，只好他口譯我寫，再整理。可惜後來這本書沒有出版；因爲您經營多年的純文學出版社結束了。

您的童心也表現在您的蒐集上；您蒐集很多象，各式各樣各種材質的。大約十年前，我第一次去您現在居住的房子，您要我好好看看兩個玻璃櫥，其中有不計其數的玩偶、小動物、小紀念品。一張小象的卡片，是黃春明賀年的；一張「裱」了的小紙，上以紅色古篆寫「惠我師生」，您問余光中太太見過它們嗎？沒。其實那是余教授多年前在美國時學校送給他、而他轉贈您的；袁枚的兩張冊頁，是孟子的後人歷經中共沒收又歸還後送給您保存的；幾枚印章，康熙時期的，也是同一個人送的。這些小小蒐藏，說明您對朋友的珍惜。還有澳洲的綿羊、無尾熊，大陸的小泥人……，有人家送的，有自己旅行時看上買來的。很多小動物小擺飾袖珍如指甲。看您如數家珍，我笑說：「您是不是每天要給它們點名？」您說可不是？有時間就一一欣賞它們，心中挺歡喜。有一組綠色小青蛙坐在一片荷葉上，仰頭聽一隻大青蛙彈鋼琴。您說：「有時女工幫我擦櫥，把我的小動物弄亂了，我就趕緊把它們擺好。我告訴她所有這些動物都在聽青蛙彈鋼琴的。你看，它們的頭都朝一個方向，專心在聽嘛。」聽眾包括小雞小鵝小鴛鴦，還有三隻您調皮地稱之爲「小王八」的小烏龜。能樂在這些小東西，時時欣賞它們，爲它們「安排」生活秩序，難怪您永遠不顯老。有一個相框裝著兩張照片，是前後相隔半世紀的您。因爲五十年後的那張看起來仍甜美，也不像當時已過七十的人，所以您特意把它拿來與五十年前的自己做個對比。您知道自己年輕，有年齡相近的朋友慨嘆起「老」時，您總不高興地說爲什麼老要說老，不覺得自己老嘛。有一次您對我說有個親戚九十歲了，看到一個老太太駝著背蹣跚地過馬路，對您說：「我們老的時候可不要像她那樣。」

您有做不完的「功課」，應該說「遊戲」；玩寫文章玩照相玩蒐集各種紀念品。最了不起的是您把文友的信、照片和多年蒐集的剪紙絹繡等等，整理得有條不紊，一本一本排列，隨時可以索取。您還有一項文壇朋友都知道的「特異功能」——每有聚會，您熱心給大家拍照，而三五天後，大家都可以收到您寄來的照片。這年頭大家都忙都懶，老實說，我們幾乎已習慣拍過照後沒有下文的結果了。

生活於您，是輕快的、有趣的、生機蓬勃的，更別提您是多麼認眞地讀書寫作了。難怪就是與眾多比您年輕一大截的女子們一起拍照，您還是最光采最亮眼的一個。更難怪總有人以「文壇長青樹」來形容您。長青的不只是外表，更是您的思想、觀念，和朝氣。

每次我由衷羨慕您的幹勁，您就說：「在蒼茫的暮色裡，加緊腳步趕路。」這是何凡文章裡的一句話，書法家寫了，掛在您家客廳裡。是二十多年前寫的句子，趕了這麼多年的路了。每次聽您說起您的工作計畫、您的生活，我就興起有為者亦若是的壯志——雖然總是三分鐘熱度而已。

這兩年您幾乎隱藏起來了，因為健康不允許；當然也沒有文章發表。不過我還是常常想到您；您的《城南舊事》我仍然愛讀，有時生活中一些尋常小事也會讓我聯想到書中的人物和情節；您精采有勁的生活態度對我仍有某種程度的提醒；我也懷念那段每周讀您的文章，和您互動的日子。主編副刊的日子裡，這麼一段，我是很珍惜的。

這文章正是那時候很有感觸隨手打在電腦中的，現在，雖然歲月消逝，很多事很多情景已不同往昔；但您那可愛明麗的外表、爽脆利落的談話，以及永遠在吸收新知、不停滯「成長」的個性，在我心目中，卻還很鮮明，也不會褪色。您在我心目中，是「永遠的」林海音。

二〇〇〇年五月十六日，中央日報副刊

菜場女高音

菜場女高音

菜場裡一個賣熟食的婦人約五十出頭，一向打扮得乾淨清爽，招徠顧客的用詞特別，聲音又輕脆，有時讓我興起一種「眾聲喧譁，她是唯一的女高音」的浪漫想像——爲自己的凡俗生活添一點「藝術氣氛」也不錯。

每有人走向她的攤位，她都親切地問，「你今哪日欲吃啥咪？」不是問要買什麼，是要吃什麼；倒好像我們走進了她家的廚房，她要招待人家吃似的。

她賣的素雞是每天清晨親自燻的，一「隻」五十。既是「雞」，她都叫人家自己「掠」，好像我們眞的在她的雞寮裡抓雞。

有一次她賣的素雞不是像平常那樣還有餘溫，說是昨晚做一批給館子，多出來的這幾隻從冰箱裡拿出來，少算十塊錢。素雞冰一天半天根本不算什麼，不過買的人還是不免「制式」地表示疑慮，「不會不新鮮吧？」

她很認眞地回答，「不會，不新鮮我就不敢拿出來賣啦；我每日在這裡和你們相見面啊。」

說得多麼好，通常生意人說的是「我每日在這裡」，意思是「我在固定的地盤，逃不掉，東西不好你可以來和我計較、討公道」；而她溫馨的「我每日在這裡和你們相見面」，卻有一種好朋友、老街坊式的親密。市井小販的語言如此優美，我眞是喜歡呢。尤其她不是刻意如此說話——這是無法刻意的。有些人生來有某種天賦，話說得有創意、精緻。我眞要把她的遺詞用字視爲詩句了。

大家合著「飼」

多年來上傳統市場時，常把平日整理、積存的二手塑膠袋拿給那個最鄉土的賣菜婦人；她最惜物，不會嫌棄。說她鄉土，因爲她常打赤腳，厚厚的腳板踩在地上看來很自在；她的菜擺在市場外圍水泥階梯上和紅磚道邊緣；她的菜多沾著泥土，不像菜攤上的都洗得乾淨卻也不耐久存。

而最讓我歡喜讚嘆的是她不加修飾又很有意思的言語。

有一回，有人問她怎麼都過十點了才出來做生意？她說：「懶惰啊，回去就不想出來，出來了就不想回去。」

看我很有興味地笑，她解釋：「眞的，每日欲回去，要收親像不收的；每日欲出來，又行不開腳，欲行不行的。」

這有些像我小時候上學嘛，早上賴在床上不想起來；放學了，和同學們玩得起勁又不想回家了。

有一回，也是十點多了，她還未把青菜妥善各就各位，已有三四個顧客自己拿了菜、讓她稱好，再要蔥、薑、芫荽；她只好站定，放眼搜尋它們到底身在何處。在忙而不亂中，一個婦人端了一碗吃的過來，看到放在她身後水泥梯上的一碗湯，說：「咦，你已有吃的了嘛。」「還沒閒吃啊。」她也不拒絕，讓兩碗並排。我笑說：「透早就吃這麼多啊。」

她神情很認眞地告訴我，她很會吃，沒吃飽，腳會發軟，「親像吃鴉片，吃了精神就來了。」

我的菜還沒選好，又過來一個年輕女子，說剛給她的那碗看她沒吃，涼了，幫她端過去換熱湯。菜販說：「裡邊貢丸還沒吃哪。」那女的說：「我那麼憨不會夾過去！」我說旁邊這些做生意的怎麼都對你那麼好，還管你的早餐。她說：「她們說我是『公豬』，大家合著飼。」公豬，「公家」的豬。她又指指正在幫她整理菜的一個衣著光鮮的太太，說她不僅常來給她義務「逗腳手」，也常拿東西來「飼」她。

這種人賣菜好像姜太公釣魚，日子可以簡簡單單自由自在過，那麼隨和那麼樸拙，讓人看著就有「紓壓」的功能吧？不然為什麼不拘市井小販或家庭主婦都可以和她如此愉悅相處？

有一回她對不排斥帶泥土的菜的女人說：「少年的就莫愛，她們只愛洗得清清氣氣（乾淨）的。」那女人開玩笑說：「你的意思就是我不少年啦？」她楞住，然後呵呵笑。有一回她對一個年輕女子說買那麼多韭菜做什麼？不是才兩個人嗎，怎麼吃得完？那女的愛嬌地回她：「要你管！」我一時「驚」住，在菜場這種生活空間才會有如此的和諧嗎？這樣的和諧品質又好像原該是人生而具有的本能吧？

有一回，也是看她菜還沒安置好，有人要蔥時，我說我來幫你找吧。可是認眞看了半天，卻找不到，問她蔥在哪裡？她也認眞停下手邊的工作，定定看著我，說：「像你這款，如果我雇用你，免兩日就要你回家吃自己了。」想想，大概覺得交淺言深，又很有禮數地說：「講笑的啦，我哪會雇得起你！」

我心想，以後說不定偶爾也來做「義工」，當做休閒活動。

謝謝提供素材

好幾年沒有去老菜場了，現在因爲它周邊的國宅已蓋好，人行道鋪好，樹種好，行走方便，我才偶爾又回那兒買菜。

雖是以前買了十幾年菜的地方，但是這個叫「臨時市場」的地方，不是當年的建物和格局。規模小了，攤位擁擠，走道窄小；有不少老面孔，但是因爲菜攤的位置改變，有些人我一時還想不起來是「昔日的」誰。我是很不會認人的人，不只一次在路上面對和我打招呼的人一頭霧水，下次到菜場看到人家站在攤位後面才「靈台頓開」——他們和他們的攤子不可分割，少了已存檔在我腦中的「背景」，難怪我認不出人家。

看到老顧客回鍋，有些菜販很親熱地說，「喔，好久沒來啦。」其中有幾個面孔印象特別深刻——那個自詡是「美濃（香瓜）專科」畢業的水果販，曾在我拿了兩個他幫我挑的壞香瓜去給他看時，尷尬地說他得再去補習了。那個賣魚的都說他的魚便宜，人家挑三條，他就執意加兩條；人家要半斤，他就極力要你買一斤；人家要他「幫我把頭剁下來」，他說：「我不敢，那樣有罪。」有個賣菜的婦人對我說她的菜攤幾年前由媳婦接手；最近因爲媳婦坐月子，她才來「代班」。而那個讓我很難忘記的賣豬肉的「胖子」則不見了，有一回我問他有沒有豬腦，他想也沒想，說，「有，有兩副！」害我偷偷笑了好久。開放探親後，聽說他回大陸去接元配來台灣，還特地在肉攤上貼面大紅布，毛筆字寫著：「迎接內子回國／今日起特選上好豬肉／舉行大優待」。旁邊列明上肉、中肉等等一斤各若干。這樣的昭告太有趣了，我特地在午後「人去市場空」時穿戴整齊拿了相機去拍照——不好意思在人家做生意時拍，再說推個菜籃車、衣著隨便的女人哪適合做「攝影工作」？也不知怎麼回事，沒拍成功，卻在報上看到那肉攤的照片，新聞寫著部分肉商直接從中南部買豬、運到台北宰殺，低價促銷；而惟恐同業不滿，就巧立名目，說什麼慶祝開幕幾周年，或「歡迎內子回國」云云。我問他大陸太太眞的到台灣了？他那台灣太太邊切肉邊說眞的啊。人家說她寬宏大量，她說哪個大陸來的沒有娶過老婆呢，她的年紀也大了。……也不知這些話是眞是假。

邊買菜，邊想著以前買賣雙方淡淡的交情，和偶爾的交談；對那似曾相識的面孔，則用力在腦中琢磨著他是誰，以前的攤位在哪個角落；她是誰，以前喜歡怎麼打扮，簡直有一點「近鄉情怯」的感覺呢。而發現了最近幾年慣去的菜場所沒有的傳統菜，更有回到古早歲月的歡喜。這個菜場的物價普遍比較便宜，有一次問那賣麵條的爲什麼他們在另一個菜場（也就是我這幾年光顧的地方）賣得比較貴？那憨憨的男孩靦腆地說因爲那邊的人比較有錢、生活水準比較高。幾年過去了，也許他再不會說出這麼讓此地顧客「沒面子」的話吧？

大散文家王鼎鈞說過寫作者應該感謝芸芸眾生，感謝他遇見、他看到的人。因爲這些人成全了他這個作家。這話眞眞說到我的心坎裡，我的生活單純，創作素材最「貼近生活」，菜場人物和在這種小地方展現的人性，是我作品中很重要的成分。被我寫過的人，過後我會以「異樣的」眼光來欣賞，在心中悄悄地說，「你都不知道我寫了你哩。」也偷偷地謝謝人家有特別的表現讓我可以取材。

二〇〇一年二月十七日，中華日報副刊

想起父親的時刻

小時候就常聽母親不以爲然地說父親，「天頂有梯，他嘛欲爬上去。」因爲他總是興致勃勃，什麼地方都想去玩，去看。

有一回他來台北，正好碰到士林園藝所開放，帶他去看奇花異卉，再去外雙溪電影文化城參觀，讓他大開眼界，一再提醒我，「値得看，好看；下次要媽媽來看。」下次帶母親去電影文化城，在旁解說的父親仍是那個興致更高昂的人；附有說明文字的，就戴上眼鏡，細心閱讀。他常以自己勇於吸收新知自豪，臧否人最愛說「沒知識」，有時再附帶一句台灣俚語，「不識字兼無衛生。」他從不知道累，晚上還去電視公司看綜藝節目的錄影呢。

住家附近的中泰賓館有個小型展覽，我帶父母去看，再從大廳的木雕大象看到後面美麗的庭園。聽說那兒有個豪華的「泰宮套房」，父親要我問問可不可以參觀。明知不可為，我還是心虛地試探，櫃檯人員當然是搖搖頭。於是覷著沒人注意，我帶他們搭電梯上十樓；我也不確知那豪華套房在哪一層，反正這麼繞一圈、窺兩眼，父親比較「甘願」。那年頭也不是每個人都坐過電梯的。

有一回也是兩老一起來，父親早已被電視上大同水上樂園的廣告打動，急於去「嘗鮮」。而我，其實不怎麼想去；因爲下午要上班，一個上午台北、板橋來回太匆忙；何況，那樂園還沒有什麼內容。

水上樂園光禿禿，沒有樹；非假日，也冷清清，有些設備根本尚未完工——而居然就開始營業了！但既然來了，總不能什麼也不玩，於是決定坐坐雲霄飛車。那時年輕，不知輕重，沒去想到兩老都已年過六十（後來還知道父親高血壓），更想不到飛車駛得那麼快又落得那麼重！我懷裡才三歲的小兒子嚇得哇哇大哭。更恐怖的是，飛車竟然在半空中被一塊可能是擦軌道或上油的抹布卡住了！工人費了好大的勁爬上來除掉抹布，才把吊在半空中老小四個乘客「救」下來。站在地上後臉色仍蒼白的母親諄諄交代我，「以後你們千萬千萬不要坐這個！」父親其實也嚇著了，嘴裡卻還逞強，「有什麼好驚的！」緩過一口氣了，再追加一句，「眞趣味啊。」

十數年後我到澳洲黃金海岸的「海洋世界」，倒也曾不怕死地和兩個旅行團團員一起去坐雲霄飛車。那才眞叫雲霄飛車，不僅軌道起起伏伏「盤」得長、「列車」利落呼嘯飛上雲霄，還三百六十度瘋狂翻轉，又驚嚇又刺激；不管東方人西方人，都叫得聲嘶力竭——不叫的話，彷彿心臟不是要爆炸就是跳出口腔。下來時，旁觀的人說我們的臉都是慘白的。那年我也快五十歲了，我遺傳了父親的好奇，和憨膽。

因爲好奇，父親常會受到廣告的誘惑，報上說一種叫做「過濾寶」的新產品，只要裝在水龍頭上，每天早上空腹生飲八大杯濾出來的水，對健康有極大助益云云。小鎭買不到，父親剪下報紙囑我在台北買。我在大店小店尋找，後來還是直接到廣告上那家進口代理商才買到。

我不曾試過那神奇的水，據當時住在家裡的妹妹說，爸爸每日起床便認眞地喝它八大杯；喝得太脹，便認眞地在前院後院來回跑步。過不久，爸爸宣稱有效，人爲之神清氣爽不少。一向比較務實的媽媽卻嗤之以鼻，「你爸爸啊，什麼東西給他用了都會說成仙丹。」妹妹則判斷不是水好，是每天跑步好；何況每天一早「清腸」也很合乎保健之道。我在台北遙想高而稱頭的父親認眞執行的模樣，心裡歡喜，所以從不理會媽媽要我以後別再爲他買什麼新產品的叮嚀。事實上，那時也正好是我努力要讓自己長胖的日子——雖然以現在的標準來看，當時的我並不瘦。我也是根據報上的廣告，巴巴地去代理商那兒買了一種長肉的藥，叫做「美力肥」。朋友取笑我吃「歐羅肥」（飼豬的）；不過，我眞的在很短的時間內長了兩公斤，臉好看多了。

父親最後一次來台北，是一九七六年十一月，遇上寒流來襲，我們生起了火爐。母親很享受爐邊打毛衣，和女兒說說閒話的安逸；父親看完報紙後卻開始不耐，說在屋子裡呆坐，不如回員林。

「這呢愛玩，幾個月前才去了澎湖和橫貫公路。」

「哪不是我愛玩，你哪有機會少年時就去阿里山、關仔嶺！」

然後，媽媽說爸爸愛和人大小聲、輸欲講到贏，有一回一夥人搭火車來台北，大姊夫說從後車站到我們家比較近，爸爸堅持從前站比較近；兩人相持不下，媽媽做公親，說分別搭兩部計程車不就知道了？結果爸爸付的車錢多一點，姊夫笑得很大聲，爸爸則訕訕然。媽媽不只一次提這椿舊事，一方面笑丈人和女婿像囝仔，「湊一擔」，一方面頗爲自己當場想出裁奪的方法而得意。爸爸卻毫無陪媽媽複習的意願，在他，那是敗跡啊。他冷冷地，「這件代誌，你已經講了萬百回了。」媽媽生氣了，「你嘛是有些代誌講了又講，我攏沒講你，你竟然取締我了！」聽到取締，我和妹妹大笑。媽媽用詞一向有創意，取締、辯駁等等，好像在法庭裡。有人否認了先前說的話，她慣說的是，「他翻口供了。」

父親到底不願浪費時間在屋子裡，妹妹遂陪他上街；逛到遠東百貨公司的超級市場，買了兩包「人造肉」。那東西一年前在新聞裡出現時，他已著令我買過。所謂人造肉，其實就是黃豆做的素食，我們都說不好吃，只有他說好。爲了表示自己另有見解吧，或者像母親說的，愛和人作對，「死鴨硬嘴巴」。這回他買了兩包，說是帶回去給鄰居見識見識。他說，「出去走走很好，看看中部無的超級市場生做什麼款，總是比關在厝內卡好。」

每想起已走了二十多年的父親，就特別會想到這些芝麻小事。依母親的說法和兒女們的觀察，父親傻，一輩子相信人；爲頭家做白工，被倒帳，都堅信人家是迫於無奈；好管閒事，在識字不多的眾多親族間「做頭人」，從編寫族譜到處理祠堂或親人之間的瑣事，起勁過頭，讓母親擔心人家會以爲他從中得到好處；熱心（或自以爲有公信力）爲人排解紛爭，嗓門大又欠缺圓柔的技巧，常常兩頭不領情。……唉，最會想到父親的時刻，其實是在懊悔自己未經思索，講了太直接、會傷人感情的話，或者反應遲鈍，過很久才「頓悟」人家話中另有話。那種時刻，就想到母親說過我比較像父親。幸好，我也遺傳了他的好奇、憨膽，和對人性的信心。世界在好奇的、對人性有較多信心的人眼中無疑單純美麗得多。

二〇〇二年八月八日，中華日報副刊

速寫兩位朋友

看不出她有這等本事

長相讓人想到好萊塢明星茱蒂佛斯特，但沒有那分精明犀利；相反地，飽滿的、圓圓的臉甜甜的，加上清晰悅耳又糯糯的聲音，實在不是能幹型的女子。做爲她的朋友，有時還要傾聽她對學業或工作上兩難的抉擇，給她一些看法；婉拒她某些小小的要求時，她還會用嗲嗲的口氣跟你「撒嬌」。而在工作上碰到不合理或不公平的對待時，她也只是對少數朋友抒發心情，要朋友鼓勵她去表白立場了，才起而行，好像「我現在要出征」；結果就算不符期望，也心平氣和地認爲「已盡了力了」。

如此一個不爭的職業女性，就像另一個同類型的朋友自嘲的，只合做「永遠的小妹」——找資料找人脈做雜事都會想到她；即使已經「長大」獨當一面了，因爲勤快熱心，又沒有擺出架式，在別人眼中還是不時可以做小妹的人。

所幸我也注意到了，在那麼溫柔甜蜜的外表下，她還是有自己堅定的主張。在抒發了心裡的鬱卒，並傾聽朋友們同情之餘、很當一回事地對她的兩難問題的結論後，她心滿意足地說：「啊，今晚說得好痛快。」然後還是照她自己的想法走她的路（難怪她不說聽得很痛快）。而事實證明她很有韌性，辛苦有代價，她的選擇沒有錯；不管是學業或是工作。

說起她編的雜誌，她說，「多年來，我們一直在一條人煙罕至的路上寂寞地走著。」依我看，個人的生活，她也選擇寂寞；正確地說，是淡泊，而綿遠。沒有眩人的、聳動的人生經歷；但是長久，禁得起細細反芻，而且問心無愧。這是上天對不爭的人的報償。

我也發現她其實舉重若輕，因爲不爭，所以默默做事；才少少三個工作夥伴居然可以每月編出一本厚厚實實的雜誌，做扎扎實實的文學史料工作，編文學年鑑，並不時舉辦座談會研討會，和大型的聯誼活動。

每個月初收到雜誌，我都會想，眞虧她想得出那麼好的專題，約得到那麼多實力派學者和作家。尋常日子一點也看不出她有這等本事呢——有一回我看她和某知名學者聊天，還呆氣地問你認識他？忘了她「囊中」有豐沛的人脈；換了別人，展現出來的早就是頭上一大圈光環、權威人士的模樣了。（哪裡會是一副沒有睡飽的熊貓眼！）

這些只是學術殿堂外的人的粗淺看法；讀到那些做文學研究工作的學者對她經營的這本雜誌、這份工作的推崇，我更加佩服，對她說：Bravo！我很榮幸是你的一個好朋友。

她眼中只有文學

她是個標準書癡，二十年前同遊韓、日時的一些小動作，就讓我爲她定了型了。

一團二十多人吧，參加中韓作家會議，在漢城開會，會後有年輕韓國作家希望和我們幾個稍微年輕的一起喝茶——也許喝酒？不記得了。我沒什麼勁，她卻很有興致；兩方的英語都不高明，不知談了些什麼，卻竟然小小地辯了起來。誰知道其中是不是因爲語言的隔閡有了誤解？反正她一直因爲可以和鄰國的文人談文論藝而興高采烈，覺得有了收穫。

後來到了日本，純旅遊，大家格外「鬆懈」；有人甚至去「低俗」的場所，美其名曰「了解日本的文化」，害得保守的人一時很怕人家說他是有「文化」的。那時未開放觀光，大家都很愛買日本貨，女性尤其愛買衣服、飾物；只有她，把眼光放在新舊書鋪，買中文書——有些書當時在台灣是違禁品，或看看日本的出版品——即使看不懂。買到了書，她的珍愛、歡喜，眞教人覺得她有些「冬烘」呢，連印有「紀伊國屋書店」的包裝紙都絕對捨不得扔。不僅書，文具用品她也愛不釋手，每天晚上，回到旅館時的「戰利品展寶」時間，別人炫耀的是衣物、漂亮的湯匙、絲巾、別針，她卻給我們看書籤、鉛筆、小筆記本、書夾。而且摩挲再三，說：「你不覺得它很可愛嗎！」那眼神，簡直像在看情人了。

經過這麼多年，她對文學的熱愛有增無減，而且是漸進式地走入學術殿堂——先是辭掉銀行金飯碗到人間副刊當編輯，再辭去編輯職務，以四十歲高齡去舊金山讀書——虧得她先生很配合，不爲移民，卻賣了房子，和女兒一起遷就她去美國。碩士讀完，又到休士頓修博士學位，直到去年才終於回國安定下來，並且到成功大學台灣文學研究所教書——像俗話說的，螞蟻掉進了糖缸裡。說到書，說到作家，她的興致總是很高昂，要人家說個仔細，更恨不得人家都去寫下來，豐富台灣的文學史（掌故）。

她倒也不是絕對的書呆，對於人也很有興趣——有時幾近天眞幼稚哩。有一回有位民意代表在她面前吹牛，談他對某一本名著的研究，她聽得著迷，急忙要電話、討名片；看在我這個三十多歲時被朋友以肯定的語氣向人介紹爲「很純」，四十歲以後卻被同一個人形容爲「很蠢，第三聲的蠢」的人眼中，忍不住會心微笑。對於國家大事、社會八卦，她也都很有興趣；她的無知，或者說對於這些非關文學的世間事的隔閡，以及熱切求知的發問、亮著雙眼聽講的神態和發自肺腑的笑聲，讓我這個笨嘴拙舌的人都著著實實地享受到「權威人士」的成就感。不過，慢慢地，卻有些不平起來，當她把頭埋在論文裡的時候，偶爾 e-mail 一個文藝訊息給在國外的她，讓她與台灣保持連線也算略盡朋友之道；但是現在她已回國一段日子了，怎麼可以幾乎什麼事都要我們細說從頭？連分析國事或八卦的功力都極受她「仰慕」的麗嘉也覺得和她的互動過於傾斜了。我說她，「沒有知識也要有常識，沒有常識也要看電視。」她還是大笑，還是不看電視——她不裝有線電視，因爲書讀不完；還是繼續求知若渴地問，「怎樣？怎樣？」「快講！快講！」

不過，最近我倒是比較認同起她來，電視有什麼好看呢？不管是政治、社會、影藝新聞，或叩應節目，多看多操煩多鬱卒多焦慮，能像她那樣把頭埋在文學裡，對世事一貫的天眞無知，其實才是聰明人。

二〇〇二年十一月一日，中華日報副刊

不過三萬個日子

你要安怎講？

中年計程車駕駛聽說我要去的地方是一個公家機關，問我可是在那兒上班的？不是。如果是，他要我幫他表達一點意見。

他說他開了兩年的車子，深知台北交通的癥結，可是傳眞、寫 e-mail 給市政府，卻得不到回應；如果由他來當交通局長，只要有二十部裝備精密電腦的巡邏車，就可以有效改善台北的交通，人員也可以大大精簡。

喔？看出我存疑的態度，他仔細告訴我他構想中的巡邏車細節。是不是可行我不知道，但聽得出他對電腦很有概念，以及對台北交通「恨鐵不成鋼」的心情。

然後他問我看過市政府大門前「台北市政府」底下的英文字沒?沒有。他說他原也沒注意，但有一次載一個老外，看了失笑。原來那寫的是 TAIPEI CITY GOVERNMENT，「前市長阿扁沒出國留學，欠注意也罷了；馬英九哈佛的博士，居然天天經過那排大字下七八個月沒看出?你要安怎講?」

聽他說得權威，我不確定地說應該是 TAIPEI CITY HALL 吧?他說是啊，還好有一次載到一個有影響力的人，幫他轉達了意見。*

接著他要我待會兒經過市民大道時看看英文路標又是怎麼寫的。「台北市的路標亂七八糟，你要安怎講?!」看他說得如此無奈，顯然「市民大道」也有問題。好像應考的學生，我認真地用盡目力，看到 CIVIL BOULEVARD 兩個字。但我看不出它錯在哪裡，遂又用不確定的口氣問他是不是應該用 AVENUE?

他說凱達格蘭大道用的是 AVENUE，它和 BOULEVARD 一樣，基本上都是兩邊有樹的大道；紐約的第五大道用 AVENUE，洛杉磯的日落大道用 BOULEVARD；BOULEVARD 尤指林蔭大道，可以給行人散步可以喝咖啡；市民大道當初的設計也在假日開放給市民溜直排滑輪、散步，所以用 BOULEVARD 也沒錯。

既沒錯，他卻又考問我看不出這個路標的問題嗎？想不到搭計程車還得接受口試，我對自己越發沒信心了，猶豫地說應該用 CITIZEN 而非 CIVIL 吧？他嘖一聲，不耐地說 CITIZEN 通常指公民。「它寫得沒有錯，只是有的路名用中文音譯，有的用英文，爲什麼不統一？」我說大概可以直接譯的，市政府就乾脆用英文吧。「忠孝東路也可以一字一字譯成英文啊；延吉街，豈不是也可以譯成 DELAY LUCK STREET？」我嗤一聲笑出來，他則面無表情地不平著有的音譯有的意譯，載老外時常不知對方說的是哪裡。「如此混亂，你要安怎講！」

談話之間他幾度以英文表達，雖然有「歐吉桑」的口音，但算得上流暢。然後他大力評議時事，政治、交通、外交，都有見地，有些官員被他冠以「豬」，再無奈地說：「你要安怎講?!」雖然無奈，倒也沒有什麼火氣。所以我把他定位爲認眞讀報又隨時從乘客收集資訊和民意、憂國憂民的駕駛，而非憤世嫉俗之輩。看他不嫌麻煩寫信給市政府，載到可能對有關單位有影響力的乘客便要交託任務可見一斑。

我對他的英文表示敬佩，他指指駕駛座前方兩片遮陽板夾著的英文報紙，說他喜歡讀英文報，因爲它們的訊息可以彌補中文報的不足。然後告訴我他是某知名大學畢業的，兩年多前才從教職退休，太太有很好的工作，四個兒女都受很好的教育云云。雖說有些駕駛閒著也是閒著，喜歡自己編故事；但台北的駕駛藏龍臥虎，我從來不敢小看他們。有一回碰到一個對中國歷史瞭若指掌的司機，聽得我肅然起敬；後來知道他不是研讀歷史書籍，只是透過看戲、聽說書就把歷史融會貫通到可以「以古諷今」的地步，更加佩服。上星期我也碰過一個書法寫得很好的駕駛，他送了我一本「了凡四訓」，以及他寫的一幅草書。他喜歡分送善書，也愛和乘客談人生道理；也許有些人眞的會受到他的啓示、感化。而現在這位英文不錯的駕駛在表示給市府寫信得不到預期的反應、我建議他在報上民意論壇投書時，給我一篇他寫的有關交通的文章，洋洋灑灑兩千言，是參加某報徵文比賽入選的作品。

不過三萬個日子

偶爾叫計程車去殯儀館都不敢直截了當說這三個字，而是「委婉」地說路名，尤其是一大早。可是今天這個司機主動確定我的目的地，很豁達地說從來沒有心理障礙，出車碰到的第一個客人要去那兒也沒什麼不同。

「以前的人忌諱多，辦喪事的時辰、地點、方式都講究；現在什麼時代了，一切都該看開。我五十二歲了，我跟兒子們說以後我走了，只要燒燒、丟入海裡就可以了。你看人家鄧小平，八九十歲的人，觀念新，雖是中共的頭頭，不也骨灰丟海裡？光這點我就佩服他。」

一打開話匣子，他就滔滔不絕，「人活著的時候都要看開了，何況死後？人能活多長？兩萬多天而已。日子過得快，才過了年，一下子又過中秋，再不久又要過年，一生很快就過完了。台灣話說活過三萬工就顧人怨。」

身材魁梧、聲音洪亮，看樣子是北方人，這個俗諺他卻是以很輪轉的台語說的。我說一般人不會才活兩萬多天吧？三萬天是幾歲？他說八十多歲。八十多歲才只三萬個日子？我有些驚奇，第一次聽到有人用「日子」來算計人活在世間的歲月，數目明明比「年」多，卻反而更感到人生的短促。

他說他是瀋陽人，聽說我是員林人，從照後鏡看我，再慎重地轉過頭來看。「不像，員林人沒看過幾個好看的，骨架都粗粗的。」

受到這樣的「恭維」，我非常不服氣，「你看過幾個員林人?!」

他說看得多了，以前在員林做生意，而且太太就是員林人；原在他們家做店員，人很老實很乖，是他老爸「看」上的。「可是像個男的，一點女人的味道也沒有，更不會腮奈（撒嬌）。我抵死不願娶她，我老爸說那以後就不要叫他爹。我們北方人，老爹的話就是聖旨——不過到我這一代就沒那種權威了。」

他不得不娶她，但結婚一個月都沒同房。

多年下來，太太還是不會肥奈，還是缺少女人味；有一年她生日，他買一件黑色紗質睡衣給她，她說這樣的衣服誰敢穿？什麼時候穿？「我生氣，跟她說出去吃消夜時穿！」

可是他就算想找個理由休妻都找不到，因爲她太好了，「好得恐怖，就是傳統的賢慧女人，一切以丈夫、以家爲主。」

好得恐怖，這樣的形容非常有趣。

「是恐怖啊，你想兇她都找不出理由，更不要說做壞事了。」

他說太太很孝順公婆，岳父母也喜歡他這個半子。她老爸生病時，他叫她回去照顧老人家，整整兩個月。他告訴她：「你不用擔心我，我生活自己會打理；你的兄弟、嫂子沒時間，你去照顧。……她眞是很好的人，人好，活得坦然、安心。人好，不必求什麼，只求一個好去。」最後一句他又用輪轉的台語說。求個好死的意思。

我稱讚他顯然也是個很體貼的丈夫和孝順的半子，不是所有女婿都那麼大度地讓妻子負起傳統上她的兄弟要負的責任的。然後我問他台語是跟太太學的吧？不是，在家裡根本不講台語，因爲體諒老爸聽不懂；是待在員林時自然就會了的，以前在鄉下，人情味濃，問個路，人家都會親自帶你去，現在不同了啦。……

我的目的地到了，本來是帶著黯淡的心情出門的，因爲是來參加一個沒大我幾歲的朋友的喪禮；料不到碰到這麼一個開朗風趣、談吐不俗又對生死大事豁達的司機，一路有說有笑，悲傷的心情遭到了「破壞」。下車後走在八月午後的陽光下，竟覺得神清氣爽，微風習習；心中想著我那朋友一生過得豐富、家庭美滿、兒女優秀，也沒有什麼遺憾了。

母子有緣

上車時並沒有注意到那是個女駕駛，在等紅綠燈時聽到他「以女聲」說：「你差不多幾點要轉（回）去？」我詫異著這個男人的聲音怎麼這麼女性，還有，怎麼會對乘客提出這樣的問題？然後才發現她是個女人，而且是在和鄰車的年輕駕駛說話。

她的話包括她已跟什麼人打了電話，他晚上會來；如果能彎回家一趟就順便拿那張什麼稅單去繳；鍋子裡熱著湯之類。年輕人沒什麼話，只說好好好。

如此家常的話當然引起我的興趣，等綠燈亮、各自搖上車窗上路後，我問女駕駛那是她什麼人。兒子。眞不可思議，在繁忙的台北街頭，同樣開著計程車的母子會在同一個紅綠燈前並排相遇。這樣的機率應該是很低的。

對我的驚嘆，她說這不是第一次，玩笑地，「母子有緣啊。」口氣之欣喜、溫柔，讓我忍不住對她好奇。

她說她有兩個兒子、一個女兒，剛剛那個是大兒子，已娶某（妻）；本來做業務員，不景氣，一年前才開計程車。

「是他還是你先開計程車？」

「我已開了三年啦，他覺得開計程車不受人束縛，看我一個女人家都可以開，就選擇這個行業啦。」

她丈夫原來經營一家貨運行，有三部貨車，她跟車上貨、卸貨，一方面自己力氣不小，一方面自己人跟車比較放心。那時她已考得了貨車駕照，必要時也可以開著車南下北上。她看來並不粗壯，但她說她不僅搬重家私，也搬鋼筋之類建材。

一家人打拚，房子有兩棟，可是後來貨運行經營不理想，讓了出去。丈夫去做人家的夥計，她則頂了一部計程車，開始在大街小巷間討生活。

「有兩棟房子，不容易啊，還這麼打拚！」像她這種腳踏實地、不畏艱苦的市井小民，就是所謂的「台灣生命力」了。

她說做慣了，而且讀高中的女兒冊讀得比兩個哥哥好，「沒法度，豬不肥，肥到狗。以後如果她考得上大學，不能叫她不讀，趁現在還有力氣，存點錢給她讀冊。」小兒子已高職畢業，不想再讀書，不久前才去做兵。「他有個女朋友交了兩年，去做兵之前，我就給他們訂了婚，免得他怕什麼兵變。我跟他說，做兵期間隨時可以結婚，我們替他養某都沒關係。」

不過她又笑著說，其實二十歲不到的兒子根本還是小孩，剛到新兵訓練中心時，因為消受不了軍中的苦，每個禮拜日就巴望家人去探望；所以幾乎每個禮拜日她都不做生意，老遠帶一堆吃的去南部看他。

不是自己開車去吧？她說第一次自己開車，但是太累，後來就搭「懇親」遊覽車。兒子服兵役時，我自己也有那種七早八早搭遊覽車去探親，「慈祥和藹」地欣賞兒子吃我們帶去的食物的經驗，兩個媽媽遂有了共同的話題。我還想到一個同學的兒子在屏東新兵訓練中心受訓，離家遠，而且是海軍陸戰隊，訓練非常「硬斗」；第一個懇親日，做父母的近十一時才到，把他急得不得了，說差一點被派去做公差。下一個星期日，癡心的父母凌晨一點就由永和上了「懇親」專車，經過幾個站「撿」齊了探親的家長後，車子兩點就由三峽上了高速公路。同學哈哈笑，「一路風馳電掣，如入無人之境，六點就到了屏東新兵訓練中心，營區的門還沒開呢！」

女司機說她也都是搭第一班車上路，「天下父母攏嘛同款憨啊。」

然後她又笑起來，「人的心理就是很古怪，每天晚上都會見到兒子，但是開車在路上跑，自然就會去留意旁邊的車；像今天在路上碰到了，就很歡喜。」

我也很歡喜碰到這麼一場在我看來機率不高的「母子會」，而因此引發兩個媽媽的聊天。在小小的空間裡，可以大致了解一個原本完全陌生的女人和她的家，讓我的這一天變得溫馨、有趣得多。

一九九九年十二月，聯合報繽紛版

*這是一九九九年八月底的事，搭車第二天，在電視上看到馬市長站在市府前，TAIPEI CITY GOVERNMENT 幾個字還亮在那兒。不過九月大地震救災期間，從電視上發現它已改爲 TAIPEI CITY HALL。

她堅守銀絲捲原則

她是屬於口風很緊的人，你可以把心事或祕密透露給她；相對地，她對自己隱私權的維護也很嚴格。朋友笑她過於看重「銀絲捲」，很多話說了聽了，很容易就忘了，「風過水無痕」，誰會放在心上。朋友之間的閒聊也談不上道人長短，製造是非。但她不以爲然，堅守她的銀絲捲原則。

她是將心比心，別人在說誰誰的八卦或是非時會擬想著如果自己是那個被說的人；所以會假定——乃至沙盤推演一番——那被說的人是被冤枉的，或是在什麼無奈甚至有理的情況下做了那件事——如果她的確做了的話。這點，我其實和她很像，早有朋友說過不喜歡和我聊「閒事」；因爲會被自以爲捍衛正義的我掃了興，好像別人都不會質疑傳言的眞相，甚至愛人云亦云。我這口風緊的朋友更掃興的是，有些屬於她的事明明沒那麼必要守密，也要少少不小心知道的人絕對不可以說。如此嚴謹，有時讓我們戒愼恐懼，惟恐「踩了線」，碰到她的銀絲捲呢。氣人的是，有時明明是她關照不要在某某人面前提到的事，在我躲躲閃閃、支吾其詞後，卻見她坦然告訴人家。當然，那可能是她審時度勢後的「彈性處理」。

弔詭的是，護衛銀絲捲不遺餘力的她，卻不避諱亂開自己的玩笑。拿來開玩笑的主要題材是朋友醗腆的丈夫，大膽驚人之語總讓朋友們駭異大笑，她說是犧牲自己的形象來娛樂我們。

這樣的「自毀形象」與她平時的認眞大約有平衡作用吧？編報多年，她迄今仍字字推敲，絕不馬虎；一旦學起新技巧，比如電腦，之全心全意、進步神速也讓朋友們嘆服。連聽人說話也極爲專注，好像堅信可以從中得到智慧。有時那樣的專注讓講的人有些心虛起來呢。她說自己受到一生是好老師的母親的影響，一向是好學生；大學聯考的成績可以上一所她原本熱望的國立大學，但因爲聽到傳言說那所大學「無處女」，便放棄了它，把一所形象比較保守的學校的相關科系列爲第一志願。上了大學仍不會玩，更別說談戀愛，每天坐在教室角落，就是「吭哧吭哧」地讀書；結果竟不小心得到了原非她所要的全系第一名，才驚覺「自己到底在幹什麼」。朋友裡很少有用功型的，聽她認眞說自己埋頭「吭哧吭哧」地讀書，都忍不住笑；好像看到一個坐在織布機前的舊時女子。再看她「咬牙切齒」地說不明白自己當年為什麼那麼辜負青春，更笑得不可開交；笑她冤枉長得那麼好看，居然一直不曾「覺醒」

——不過，我們也誠實地說以前的她比較嚴肅呆板，沒有現在好看。她自己也不諱言多年前主持電視訪談節目時，曾被一位重量級作家不客氣地批評為「木頭」。

不過，人的個性大概都在年少時就定型了吧？現在的她縱使不輕易放棄旅遊、玩耍和美食的機會，仍不脫認眞的本質。吃到好吃的食物，就隨手抓一張紙，記下菜名；以備下回自己來吃或請客時參考。笑她隨手記還不是隨手丟，她拿出一本小本子，神氣地說，她回家後會整理寫好。哇，如此認眞！偶爾看她凝神專注，小心翼翼咂嘴品嘗，甚至以長長的「嗯」聲做為結語，我都要疑惑她到底吃到了什麼我沒嘗到的滋味。即連某一種品牌的冰淇淋、巧克力，乃至某一家店的奶油，她都可以吃出它的不同凡響——不過有一回她說豬腳多麼好吃時，我與另一個朋友相視而笑；因為我們才剛說它很難吃。聽笑話——有時是帶色的，她覺得特好笑的，也急忙拿筆出來記（即使坐在搖晃的遊覽車上）。下回她說時，那第一個說的人如果在場，也很服氣；因為她那麼認眞，不僅把它說得有條有理，還會加一些「裝飾音」。

她的認眞也表現在強烈的憂患意識，年過四十，就意識到老年生活。說非萬不得已，不能輕言辭職；有個工作，才有寄託。而且年紀大了，一定要有宗教信仰。她一個同事年過七十的媽媽常與教會姐妹相聚，被親暱地叫做「王小妹」，有一回發生車禍，被眾多行業的姐妹（包括一名醫院護理長）在第一時間送到醫院，又日日輪流照顧，使她驚豔到「宗教」最實際的功能。她怕言老，玩笑地開發出一些讓人誤判自己年齡的妙方。譬如人家問她小孩多大時，不提長子，而避重就輕說那個晚哥哥很多年出生的小兒子的年紀。又譬如人家談起「古早」時候的電影或流行歌，就撇清，說沒看過、沒聽過。清亮悅耳的笑聲倒眞的讓她比實際年齡年輕得多。一方面與年齡拔河，一方面未雨綢繆，聽到退休朋友談如何過日子，眼睛眨都不眨，一副很快可做參考的心理。甚至看到社區公園好多茫然坐在輪椅裡、被外勞推出來「放風」的老人家，都會意識到那就是自己日後的情況。比她年長的朋友還沒想到的事她都想到了，笑她未免憂心得太早。

堅守「銀絲捲」，卻敢拿自己亂開離譜的玩笑；不願老，卻比別人更早把自己模擬於「老境」，眞是奇怪的組合。

二〇〇三年一月十六日，中央日報副刊

夜裡她化身為拾荒婦人

她的口才很好，據說大學時代校裡校外「辯」遍天下無敵手；當今檯面上一位被喻爲口才好的政治人物就曾是她的手下敗將。做社會人之後，偏愛採訪、寫稿、編輯等幕後文字工作，口才只小用來和朋友談天。評論時事、社會新聞時，不僅新聞的前因後果來龍去脈說得清楚，分析起來也言簡意賅，頭頭是道，聽得大家興味盎然。偶爾碰到眾說紛紜的政治議題，總有人說可惜她不在場，否則可以聽聽她的高見。

這幾年台灣人在政黨、政治人物、政策的取向，各有鮮明的立場，爲了免於爭執、消耗友誼，大家都盡量避開敏感話題；但與她聊天，卻可以百無禁忌，不用擔心不歡而散。這除了她條理清晰，有說服力外，還因爲她能保持相當程度持平的立場，平和平靜地就事論事。

雖然一直有人以她曾編過的雜誌和追隨的老闆給她貼標籤，定位她的「屬性」；但她的朋友都知道她是那種以「新聞專業」自豪、甚至以這個「成分」來肯定自己的人——雖然我們也糗她，學新聞的人不知凡幾，哪裡就值得如此「自命不凡」？但她就是如此「迂」，認定學了新聞就得終身服膺傳播專業的遊戲規則；所以就算對某號人物或某項議題有自己的主觀看法，在談話或是執筆爲文時，都可以盡量就事論事。也不會因爲某政治人物或某黨錯誤的舉措印證了她原先的判斷而幸災樂禍，「哀矜勿喜，做爲一個國民，當然希望他們做的都有益國家啊。」她也很得意自己的直覺，有些事有些人她未必了解得很透徹，卻常可以預測出後續的發展——雖然有時也會「馬前失蹄」。以我的「近距離觀察」，她的確有很敏銳的新聞sense。某人在一片擁護叫好聲中登上大位，她說他空有形象，其實能力不佳，果然日後他的表現不如大眾預期；某政治人物沒有接受她客觀的建議，在第一時間爲自己曾有過的作爲道歉，結果如她所料必須編造一個又一個理由，卻前言不接後語越描越黑……

不是只對政治或新聞傳播有興趣；她的口才包括講笑話和八卦。她是朋友裡唯一會買影藝或八卦雜誌的，還自認從這些亂七八糟的媒體中得到長進。多虧她閱讀速度快，記憶力好，敘述能力高，朋友們常能分享她的見聞和心得。

有絢麗的外表、便給的口才，看來是個能幹的「女強人」。不過比較熟的朋友都知道她並不「強」；特別是在私領域上，談吐看似前衛，行動卻膽小保守。有朋友嘲笑說以爲她是老虎，誰知卻是一隻兔子，吃一小撮草就歡天喜地地躲在自己的小洞中。她還會做一些不怎麼高明的、無厘頭或令人百思不解的事——也許與AB血型有關。有一陣子我們常互相「告解」，談自己做的愚蠢事，稱之爲「每日一笨」。我做笨事好像與形象比較契合；她的外型與口才卻彷彿一件野戰服，會誤導別人的判斷。

而她最大的弱點——或者說她的「阿基里斯腱」，是太愛狗了。撿回家的流浪狗已超過十位數，每日還固定時間去固定地點餵「編制外」的狗；並且不定時出其不意地套住狗兒，押去獸醫院洗澡剃毛除蚤、打預防針。說到趁其不備套上脖圈，她的神采極爲飛揚，聲勢不輸美國電影裡圈套小牛競技場中的牛仔。爲了狗忙得不可開交，有時還花費大筆金錢爲病狗找名醫開刀治療，已超出她的經濟能力，不免引起朋友們愛深責切的義憤。

爲避免引起不愛狗人的反感，她都在九點以後趁著月黑風高的時刻去餵流浪狗。有一陣子，她例行穿得很「邋遢」地去餵狗，「巡邏」路線經過一家超商，例行進去買東西。因爲手裡拎著一個裝著乾狗糧、狗罐頭、用來收拾狗大便的報紙、衛生紙等雜七雜八東西的塑膠袋，卻用白金卡刷卡，還簽英文名字，總招來店員狐疑的眼光。尤其她每次一定要買足三九九元，更教人家費解。她們不知道她的白金卡有一個活動，只要消費額超過三九九元的刷卡單尾碼和她的身分證尾碼相同就可以得一百元，如果六個數字全相同，可以得一百萬！她一向對於對獎極有興趣，曾指導過我要有信心，「念力」會增加中獎的機會。誰知刷了好久的卡，連一百元也不曾中過。她覺得無趣，以後每個晚上口袋裡放一張千元鈔去購物；店員繼續疑慮，對著光源正面反面仔細、反覆地檢查是不是假鈔。為什麼每日要帶千元鈔去消費呢？她說每日搭計程車，需要零錢。

她固定到河堤邊餵流浪狗，幾次碰到一個年輕的老外，對她豎起大拇指；後來因為有話要說，問她能不能講英語。能，於是大大稱讚她，說台灣人不愛狗，對流浪狗尤其缺少同情；難得她這麼好，每晚來餵。為了表示支持與肯定，過一日，他拎了一大包乾狗糧和狗罐頭給她，她推辭，他說她的錢不好賺。她一時也沒明白為什麼他知道她的錢不好賺，女兒提醒她，那地盤是某一個拾荒老婦的，老外無疑把幾近半夜在此出沒的她定位為拾荒婦人；就像那超商的店員們一樣。「他一定覺得台灣的文化水平很高，拾荒老婦的英語都講得這麼好。而超商的店員看你居然用白金卡、花大鈔，說不定考慮去轉行了。」

餵流浪狗餵到被視爲拾荒婦人，她覺得很有成就感。就像她愛消遣自己的穿衣品味一樣。「豬肝色運動裝配桃紅色短褲，很不搭調，又拎著塑膠袋，是很像拾荒老婦。」一聽桃紅，我們就笑起來，那是只有她會喜歡的顏色。她還喜歡金色、孔雀藍、大紅、螢光綠。她女兒說她喜歡把交通號誌和清潔隊員制服的顏色穿在身上。與女兒逛街，被顏色鮮豔的服裝吸引，女兒便急忙拉走她。她學店員慣用的說詞，「參考一下嘛。」女兒恨恨地說，「你就是參考來、參考去，才參考成今天這個樣子。」去美國看弟弟，她看上亮晶晶的衣服，弟弟也急忙拉走她，說等她娶媳婦時一定給她買一件釘滿亮片的禮服。她揶揄自己就是喜歡 sparkling、金光閃閃的東西，包括金子首飾、金色涼鞋——台語不靈光的她說起「金光閃閃」，非常傳神，簡直像布袋戲的口白了。而她給人的感覺也的確亮麗、燦爛，又有那麼好的口才來消遣自己娛樂朋友，不失爲一個漂亮能幹又妙趣的女子——只是資深新聞人在午夜裡化身爲拾荒婦人。

比較遺憾的是，這個愛狗的「拾荒婦人」要面對狗的死亡。家犬會老，會病；外邊的狗會碰到意外，於是每發生一次事故，她就要爲之傷慟好長一段時間。有一回甚至要里長仔細描述某一隻被車撞的狗臨終時的情況，痛悔自己竟與牠沒有心電感應，知道得太遲，沒能在最後一刻奔去抱抱牠。我因爲家裡養有一隻狗，也有柔軟的心情去讀狗臉的善良純眞，聽她在電話中哭著說某一隻狗如何如何時，總忍不住陪著唏噓哽咽；所以她說我非常 understanding，很榮幸地被她列爲可以談狗的朋友。

好在我們更常談的是狗的可愛，只要一談到狗，她的聲音就絕對柔情似水，充滿笑意。

媒體報導的狗、我家的狗、我兒子養的狗、我鄰人的狗，很多感人或逗趣的事都可以引得她愛寵地說「這小傢伙」。而且每次電話聊天，一定要談到狗才算完成。

二〇〇三年一月十六日，中央日報副刊

【輯三】

和世界連上線

興之所至寫 e-mail

我喜歡寫 e-mail。會寫電子郵件後，本來就懶得寫信的我，寫「傳統信件」的興趣越發遞減，寫信的能力也退化了。

寫 e-mail 顯得比較休閒、輕鬆，有「興之所至」的瀟灑。這心情很微妙，不用 e-mail 的人大概無法體會。當然，也可能只是我個人的心情。

「想不到像你這樣的人會喜歡用電腦寫信！」朋友有些訝異。她說我是「自然人」，飲料是白開水；味蕾遲鈍，不懂美食；買衣服不管品牌，只偏愛棉布；面對「手」藝作品眼睛發亮；幾乎不用冷氣機。她甚至說我很適合住在美國「阿米緒」人的社區裡。那些人如今仍堅持過沒有汽車、電氣用品的簡樸生活。

朋友是誇大其詞。不過這年頭，就是保守、生活素樸的人傾心電腦、電子郵件也沒什麼，時代趨勢啊。

科技發達，現代人凡事求快速，已越來越沒有耐心。通訊息，能用電話的一定用電話，不然就用傳眞或者電子郵件；規規矩矩在紙上寫信並且郵寄的，除了應酬函外，大概只剩有心人爲了保存其中比較深的意涵而寫的「有情書」了。有些情感，用信封信紙傳遞，絕對比較浪漫、詩意、有品味，而且愼重。

而我已很少講究浪漫了，我享受 e-mail 的方便快捷。

雖然一開始是「被迫」。

一年前，小兒子到英國讀書，他傳回來的第一封 e-mail 是要他表弟速速教我和爸爸學習用 e-mail。

當時哥哥還在服兵役，而和兒子們通信一向是我的專責。我只好學著在 WORD 上寫好信，然後「剪下」、打開 outlook express、「貼上」郵件欄，傳送出去。

雖然電腦已用了數年，但只是用來寫稿或儲存資料，不曾上網或做其他用途，一旦開始寫電子郵件自是手忙腳亂。而且兒子剛開始用的圖書館電腦沒有中文系統，我還得陪著兒子練習英文，有點像回到了和外國筆友通信的十八歲。傳了不知多少封 e-mail 後，兒子說他的台灣同學問他我是不是英文老師；因爲只有他的媽媽會給他寫 e-mail ，而且是用英文。跟兒子寫英文信無需講究用字或文法，但有人這麼說，仍小有虛榮感。同時也有「上當」的感覺，跟兒子說：「原來不是每個家有留學生的媽媽都有義務學寫電子郵件、給孩子傳信。」

後來可以用中文寫信當然就更方便了。不必寫信封不必貼郵票，不必管時差，隨時可傳送、接收，而且快速，費用又比電話便宜。所以，有事沒事我都可能寫它幾行。有事，比如告訴他已以航空寄去了什麼東西，他要我查的書的原文書名和作者名字，有一次甚至根據他小時候第一幅畫作繪了一張生日卡——不過沒有傳成，傳送圖畫不在我這個三腳貓的能力範圍內。沒事，就談一下家中成員和親人的一點近況；包括狗，牠做了什麼蠢事，改做紗門給牠開了個小洞進出之類。這樣他就可以知道家中進行的諸般大小事情了。而我打開電腦，也可以「複習」我們通信的內容。

一年來，我發出去的電子郵件居然已超過百封。這在以往每收一封信就要擱它三五星期、乃至因時間久遠、未回信的罪惡感已淡化乾脆決定「不必回了」的人來說，實在是很大的成就；雖然有些信不到百字，其實與便條相距不遠。

這百來封信大部分是給兒子的，小部分給海外朋友。

本來好多年都懶得寫信的朋友，一旦發現有 e-mail 信箱，我就給她一個驚喜。像在德州的「文學人」應鳳凰，我參加了文學性會議，就把一點趣味的見聞說給她「聽」；在報上讀到與她有關的一點小新聞，猜想她未必知道，就從電子報上「複製」下來，傳給她。正埋頭寫博士論文的她也很樂，希望我多給她打氣，因爲她不是經常「樂觀奮鬥中正和平」的。

五月裡我從美國回來，e-mail又用得更多。謝謝朋友們的接待，告訴她們我旅美的一點感想，和回來後的心情。有時傳好一封，正要傳第二封時，卻看到第一封的收信人竟已給我回了信，讓我又驚又喜，大大佩服科技的厲害。想到兩地晨昏顚倒，我們未裝什麼ＩＣＱ，卻恰好同時坐在電腦前與對方做「無聲的交談」，那種親密感和奇妙的「臨場感」是郵件無法傳遞的。

六月裡，簡宛和她丈夫來台北，延續了我和田在北卡她們家的相聚。在她們回北卡那天，我的心情仍很high，便耍個寶，傳去了一封e-mail，反賓爲主地對她們說：「Welcome home！感謝科技，我跑得比你們的飛機快，躲在你家電腦，所以你們一回來就可以看到我。」

在我去美國前，簡宛用那台電腦和我通了不少信，告訴我屆時我們會面對什麼樣的聽眾、人數、講題的選擇、北卡的天氣、旅遊地點的安排等等；住在她那「森林」環抱的家時我也用過那台電腦，坐過那把椅子，對那個環境和那台電腦已小小有了「兩地相思」的心情；因此光擬想她打開它就讓我有一種親臨其境的感覺，以及「詭計」得逞的竊喜。

這種種樂趣難道不是只有電子郵件才能提供嗎？

但是如果你問我電子郵件的缺點，我也不能說沒有。

因爲電子郵件是興之所至就寫，而且隨寫隨傳，固然有很多眞性情存在，但有時不免會寫出「脫線」或有欠思考的文字。想修改，但「傳送」鍵已按，起手無回，它已飛越千山萬水藏身另一個人的電腦裡了——更精確地說，藏身兩台電腦之間的仲介站，反正是叫不回了。

還有因爲其快，傳了信後，常要去開電腦看看可有回函；而如果沒有，總是有些失望的。如此心情，讓我想到一個做生意的朋友說的，剛裝了傳眞機時，半夜裡都忍不住要起床看看可有海外傳眞過來。

不過，最懊惱的是，電腦情緒不穩定，有時明明中文可以通行無阻，下回卻可能變成亂碼。我和朋友們大抵是一個口令一個動作的電腦使用者，一試再試，也找不出原因，面對那誰也讀不出來的天書，別提心裡有多挫敗了。

一九九九年七月十四日，世界日報副刊

我這樣進入二十一世紀

一九九九年十二月三十一日，二十世紀的最後一天，舉世爲Y2K年序危機如臨大敵，我卻「額外」爲找不到三張昨日寫好、尙未貼郵票的賀卡而苦惱。昨天明明帶去辦公室卻找不到；以爲自己記錯，今晨把家中可疑的地方都搜遍了，卻仍徒勞。三張卡無關緊要，我如此焦慮純因這件事關係到我的記性與生活組織能力；腦袋開始退化的人最不願事實證明腦袋的確已在退化。

看我爲找不到卡而焦慮，兒子閒閒說：

「會不會是Y2K的問題？」

「希望是。」那就非關我的智能了。

情緒焦慮時，我習慣利用體力勞動紓解。這回我決定洗兩個浴室。兒子問我爲什麼一早就洗馬桶？

「免得午夜鐘聲一響，馬桶被Y2K變不見了。」

洗刷好的浴室光潔得多，我的心情也清爽得多；反正塑膠手套還戴著，索性把陽台的龜池也洗了。

兒子看我如此忙碌，又問我幹嘛這時洗龜池？

「讓這兩隻二十世紀的烏龜進入二十一世紀時神清氣爽。」池水清澈，牠們才更能享受新世紀的陽光——雖然仍有一說堅持二〇〇一年才是新世紀。

做完這些紓解焦慮的體力勞動，我坐下來讀報。整版整版電腦千年蟲危機的新聞讓我不由得又稍稍緊張起來。行政院除了一再聲明政府已做好國防、飛航、醫療等重大體系的防蟲及應變措施外，也要我們小百姓到金融機構補登存摺、領取現金、準備飲水食物電池等等。飲水，我們這棟公寓的水塔存量供應八戶人家三五天沒有問題；食物？我要家人回家時多少順便買一兩樣，卻被報以「免驚啦」的哂笑，結果迄今家中只準備了額外的一包白米；電池，九二一地震後買的一些幸好都還沒用上。至於補登存摺，我妹妹熱心代勞了，今晨卻發現大兒子的沒補登，我叫他去刷卡取款，留下交易紀錄，他說不必，「應該不會有問題。」

「應該」可不是「一定」。

媽媽的緊張在已成年兒子們的眼中常有「娛樂效果」。其實，我也有我的「知性考量」；家中總該有個略有危機意識的人不時拋出問題（或焦慮），以引導家中成員集體思考，激發出面對問題的智慧。大偵探福爾摩斯不也多虧他的助手華生醫生問一些不怎麼高明的問題，才能有更多角度的思考？

現在讀報，在家的小兒子便成爲承接我疑問的唯一對象。我們的對話是：

「報上說一九九六年以前出廠的電腦這幾天少開機爲妙，免得資料遺失。我們的電腦去年才換新的，應該沒問題吧？」

「沒問題啦。」

「攝影機的日期也會錯亂呢。」

「你有攝影機嗎？」

「沒有，可是我有照相機、傳眞機。」

「日期錯誤調整過來就是了，你不是間諜，不會影響情報的正確性！」

這是我不大明白的，個人或家庭用品顯示日期錯誤，調整即可，何以媒體要我們「暫時不用，或調整到敏感時刻前後任一天，以避免千年蟲攻擊」？還要多事地「提醒」我們洗衣機、微波爐、冷氣機不會發生Y2K問題？這不是教神經質的人擴大擔心所有科技產品裡都躲著伺機破壞的「蟲」？

「這裡還有一則新聞，大陸一名小說作家為防止每月二十六日發作的CIH病毒而將電腦時間往前調了十天，後來忙於寫作和上網，忘了調回，電腦提前進入二〇〇〇年；結果慘遭千年蟲截殺，電腦硬碟被一次自動格式化，歷年累積的二百萬字資料，以及五十萬字未結集的稿子統統蕩然無存！哇，好恐怖！雖然哥哥一再保證沒問題，我看還是把我那些文稿 copy 下來的好。」

「你有二百五十萬字嗎？」

「沒有，尚未出書的加上資料應該十萬字不到。」

既如此，就沒有「條件」過於緊張了，他的表情傳達的是這樣的信息；嘴裡說的是手邊沒有空白磁碟。

「聽著，資策會建議，千年蟲來襲時段內，萬一發生全國性停電或公用事業中斷時，每個家庭成員應即刻返家；如交通受到影響，就前往最近的親戚家，並試著打電話通知家人。喔！好像戰爭時逃難或酷斯拉出現時走避嘛。」

「為什麼要我們即刻回家或打電話回家？」

想到了。

「免得家人擔心。」

我們同時笑開來。雖然千年蟲可怕、不可測，政府倒是連這些心理上的細節都替百姓設

中午與幾個朋友約了在福華吃午飯——是昨日意識到這是二十世紀的「最後一天」，才臨時約的。出門前特地給兒子煮了一鍋麻油雞。早上後知後覺地對他說起今日好像應該做點什麼特別的事，日後這個特別的日子回憶起來才不會太貧乏。他隨口問我要做什麼？我說看電視上世界各地迎千禧的活動，還有今晚電視播《鐵達尼號》，如果下班得早就看它。

他笑，「這也叫特別的事？」

煮麻油雞也是特別的事啊，它不僅是冬天裡我們愛吃的一道菜，也具「本土」風味。很多歷久彌新的回憶就是因爲有食物的氣味繚繞，而更加溫馨、具體。

和好朋友吃飯聊天總是很愉快的，吃的是Buffet（有人譯之爲「包肥」），有很多選擇，而因爲「每一樣都要嘗嘗」，便由生菜、起士、開胃酸黃瓜、苦瓜，而魚塊、火雞肉、義大利「彈簧麵」，而巧克力蛋糕、龜苓糕、布丁，而芭樂、香瓜、火龍果，而冰淇淋。最後一杯熱茶才畫上句點。

至於「世紀末的談話」，從髮型髮質、項間一條手工精緻的K金鍊子、特價期間「兩千

九百減一個零」買到的外套、昨晚吃排骨不小心把門牙嗑缺了一小角、爲流浪狗爭取生存權，談到宋楚瑜的興票案、李總統不合身分的草莽性氣話，以至於立委謝啓大可惜「入戲太深」、在興票案說明會上狠狠賠上了她一向受大眾推崇的正義形象等等等等。這其間可也有媒體不知的第一手內幕新聞呢。

三點，各自去上班。除了自己本分的主筆工作外，我與最近才被指派去「兼」的副刊編輯工作奮戰到九點才下班。不管是分內的還是兼的，都逃不出與「千禧年」相關的編與寫。

然後，費了不短的時間才叫到計程車，在部分路段又被眾多要參加千禧年活動或只是隨興在街上流連、沾染千禧氣氛的人堵塞；所以回到家、吃過飯後，《鐵達尼號》已撞上冰山，只剩不到兩個小時就要下沉了。我斷斷續續地看著螢幕上播報吉里巴斯、紐西蘭、墨爾本……的民眾迎接二〇〇〇年的歡欣、焰火、歌舞；也間歇地看著海水灌入鐵達尼號，看羅絲揮斧擊斷傑克的手銬。……

過十一點，我忽然緊急起來，告訴兒子我在電腦裡雖然沒有兩百五十萬字的稿；但每一字都是我的心情和思考，還是「叩」下來的好。

大部分作品在換新電腦時已另存磁碟，只這一年多的未複製；兒子找到一張空白磁碟，兩下子就把它們「叩」過去。

於是我安心繼續看船上乘客驚慌奔逃、被傾斜的甲板「倒」下去、提琴手持續演奏；看羅絲和傑克在冰涼的海水中以灰白、顫抖的唇許下愛的承諾。……

這個關鍵性時刻看如此悲慘的電影，倒不曉得該藉以回顧多災多難的二十世紀，還是要省思無常的人生？

兒子走開去洗碗，我說幾個碗他要從二十世紀洗到二十一世紀了。可不是？電視上喊著：五、四、三、二、一，台東太麻里、台北、高雄、林口長庚醫院……，全國一起進入了新世紀！

旅遊土耳其時，乘遊輪巡遊於博斯普魯斯海峽，過「一條線」，就由歐洲進入亞洲，感到一種趣味性的神奇；現在，只一秒之隔，我由二十世紀進入二十一世紀，也有一點似眞似幻。年少時常愛揶揄人家，「別做夢了，等下個世紀吧。」想不到眞的「等」到了。

回頭又想，不管是空間還是時間的分際都是由人——人類文明所界定，是人類給自己定下的框限、區隔，爲人類增加一些可資紛爭戰鬥或舉世歡騰慶祝的題材。宇宙悠悠度過的「千禧年」已不知凡幾，說不定會哂笑人類少見多怪、小題大作呢。（手寫於二〇〇〇年元旦。手寫，因爲還不敢開機。現代人不敢不「敬畏」電腦。）

二〇〇〇年一月十五日，世界日報副刊

和世界連上線

搭的是中午的飛機，早上我爲皮箱做最後的整理。這種時刻最需要的是專心，以便有餘力去斤斤計較什麼東西可以「退場」、什麼東西必須「加入」。這過程中常要做「長考」；就恐被汰出的厚衣服到時竟然絕對需要，或者到時根本用不上的衣服白占空間——這樣的情況不是沒有發生過。整理時還得分心去擬想著被臨時抽出的衣物也許會由本來要出國旅遊的興奮轉爲懊喪？

也要仔細檢查要送朋友的陶磁製品包得夠不夠安全？書很重，要不要少帶幾本？

如此神經質，就怕有人干擾；哥哥卻在這緊要關頭拿了一張紙條給我，說他剛爲我在Yahoo新開了個人的「信箱」，只要根據他爲我寫好的步驟執行，我在美國朋友家，在全世界只要有電腦的地方，都可以收到 e-mail。

「有這個必要嗎?我哪有那麼多 e-mail！」

「有這個信箱，我們不必知道你在舊金山或北卡朋友家的信箱，就可以給你寫信或幫你轉信啊。」

幾年來用電腦，從寫文章、列印、用 HINET 收傳 e-mail 到上網，我是一個口令一個動作，根本不想去了解它的原理。兒子看我每學一樣新技巧時只會寫下一要如何二要如何，很不以然，說哪有人如此使用新科技的，碰到狀況時又如何能處理。可我心想我幹嘛要「理解」那麼多，有些程序用久了自然可以舉一反三，也可以在錯誤中學習。我還自滿著，「舊人類」會用電腦寫文章、傳 e-mail 、上網的只是少數，我算很先進啦。

現在他又要爲我的電腦功能升級，我心裡其實是有些排斥的；但衝著人家一番好意，只好耐著性子說：「我不會去用朋友家的電腦的，有事打電話就可以了。」

「出國旅遊有這麼一個信箱才方便啊。」

「我又不是第一次出國。也不是騎腳踏車自助旅行。」

在報上讀一個作家寫她騎車在紐西蘭旅行的歷程，文末有她的電子郵件信箱；我曾一時興起，想給她寫信，因爲羨慕人家做我不敢做的事。那樣的旅遊有個信箱和讀者或朋友家人隨時保持連絡、分享旅遊經驗的確是美事一樁，也有必要；但我只到定點，不需如此大費周章啊。

不過我還是應兒子要求，瞄瞄他紙條上的「媽媽使用網上電子郵件（WEB BASED EMAIL）守則」。

洋洋灑灑八條。最後一條他強調的是：

「在全世界每一台電腦，只要連上 Internet，都可以收發郵件；出國旅行，最方便互通音訊；學會了就很簡單，祝使用愉快！」

這份守則我帶著，到了舊金山後每天早早出門玩到晚上才回麗清家，直到第五天才想到去試試看，也好對兒子有個交代。

我把守則放在電腦邊，根據他設定的一道道「芝麻開門」的程序作業，結果連試兩天，鍵入名字和密碼，卻無法打開「我的」雅虎。我用麗清的信箱傳了一個 e-mail 給兒子，他回函極力叫我不要放棄，說我那個新信箱中已有三封信件，如果打不開就無法看到它們了。

旅程下一站在北卡，住簡宛家，用她的電腦再試，成功了！

果然其中已有三封信，第一封是在台北的哥哥傳給在英國的弟弟，要他用這個信箱給我寫信，好「強迫」媽媽學習新東西；第二封，弟弟說他在愛丁堡的一點生活小事；第三封，哥哥重申給我開這個信箱方便我旅行時在全世界任何有電腦的地方收發信件，並讚揚電腦科技讓同時在美國、英國和台灣的家人可以通訊云云。

讀到「強迫」媽媽學習新東西，我莞爾。小時候是我引導他們學習新東西，他們長大後，角色易位，常常由我來接受他們的新知識。

能從兒子那兒學新東西，其意義不僅在於可以有點長進；更重要的是，可見在兒子心目中，我尚有「可塑性」，沒有老得不堪造就。好幾個朋友都有這樣的經驗，一位已過七十的前輩作家不也在她兒子的鼓動、「施壓」下，開始用電腦寫作、處理文書、上網？

但是兒子也不是常常很有耐心的，我對新東西常有排斥心理，以前的電腦於我不過是用 DOS 來寫文章，後來換新電腦，改用 WORD，所有已駕輕就熟的作業程序和動作都得改變，又常有不明狀況出現，急得我胃痛。再後來因爲弟弟出國讀書，爲方便通信，「不得不」學寫電子郵件；一年多時間裡，寫了一百多封電子郵件，大大享受了它的便捷。

哥哥對我和弟弟之間的家書很不滿意，有一天特地給我一本《傅雷家書》，說讓我「參考」。眞是愛說笑，時代背景如此不同，通訊工具有霄壤之別，再加我不是以前那種藉書信來教誨、訓示兒子的爸爸，怎麼可能寫那種家書？那得用毛筆或至少自來水筆細細寫才行呢。

不管是在電腦裡寫文章還是寫信，每有問題，自然是問哥哥；但他偶爾也會對我的氣急、緊張不滿，怪我不研讀電腦裡的說明。所以後來我莊敬自強，自己摸索著「玩」電腦，在網上看笑話，到作家網站看熱鬧──看門道還是要靠體己、溫馨的書籍；到圖書館網站尋索自己的資料──照片是多年前提供的，有乍逢故人的驚愕呢。九二一地震後那一陣子，則憂心忡忡地去看有關災區或地震斷層帶的報導。……後來更因爲「居然」會傳文字附檔，便很愛現地傳近作給海外的朋友。文章還沒見報就可以得到她們的回應、共鳴，挺有交流的快樂呢。而有一次不小心把斷層帶地圖印上電腦「桌面」，既不美麗又遮住了字，便去「自然寫眞」找了一張好看的照片來做「桌布」，不免爲自己居然會「換桌布」而有幾分得意──雖然這其實是屬於「講破不值三分錢」的雕蟲小技。哥哥對我的「指望」不止於此，看到少數老人學電腦居然卓然成「家」的報導，都叫我閱讀。而我一概淡然回應：「眞了不起。」倒教我想起他讀高中時，我曾經意在言外地告訴他某女作家的女兒繼她哥哥之後也考進台大了，而她的弟弟也進了建中，他說：「很好，一門忠烈。」那分事不干己的淡然可比我的鮮明多了。

電腦與世界接軌後的一個後遺症是每看到媒體上有病毒的報導，就很「跟得上潮流」地陪著緊張，總要兒子說「只要看到來源不明、有疑問的檔不要開就沒問題」，才會「安啦」。前些日子全球多少電腦爲了「我愛你」情書而哀嚎時，我也提防著。沒收到這樣的檔，卻有一天收到一個叫 Pretty park 的，來自一個作家朋友。她不可能給我一個以英文爲檔名的稿子吧？我猶豫地看著它，研究著它，有點像以前的人收到「電報」怕被電到一樣。雖不是來源不明，我後來還是決定把它刪除了——看著信件被快速「壓縮」，還驚疑著其中不知藏著什麼毒。哥哥聽說我收到這麼一個檔，神情專注，再聽說我把它刪了，才放下心，讚許地說：「很好，很聰明。」

打電話給那朋友，告訴她她的電腦自動把病毒傳給了我——病毒的厲害在於它會自動根據中毒者的通訊錄散播出去；好像蒲公英的種子，風一吹，就到處落地生根了。她說：「你怎麼那麼厲害，知道刪掉它？」她說爲了自己一時的糊塗，已找專家去好好消毒過；說千禧蟲那回，也不知怎麼一回事，所有的檔案全不見了，當下大哭起來。如果我碰到那種事，也非大哭不可。

電腦如此不可靠，我最近就想著，也許不如回到手工業？只是好像已積重難返了，面對稿紙，拿起筆，就是沒有寫下去的「勁」！而兒子向我詢問某些資訊，我不知道，也很自然地說：「你爲什麼不上網去查呢？」

二○○○年八月三十日，聯合報副刊

網路上的交會

「媽媽害怕年輕人。」聽到我說起千禧年與《明日報》「個人新聞台」作者互動的情形，兒子笑著如此評論。

話說二〇〇〇年，我被報社派去「指導」後輩編副刊。離開副刊編務已四年，實在不大樂意；不過在老闆「母雞帶小雞」的大方針下，只好重回已做了二三十年，對我來說沒有新意又自知不可能爲版面開創什麼新氣象的工作。

還好，很快我發現還是有些新意。這一年，報社出電子報，海內外讀者、作者可以透過網路看到各版副刊上的文章，並給我們溫馨的回應；很多作者利用 **e-mail** 傳稿到報社（有些熟識的作者直接傳到我的信箱），只要下載、轉碼，就可以使用，不必每篇仰賴電腦小姐打字，縮減了作業流程，連校對也輕鬆多了。特別是如果臨時要換稿，眞是易如反掌；「工作鏈」上的同事們都能配合。就是因爲這種方便，資源非常缺乏、無法「養兵千日」的我們，才可能在高行健得諾貝爾文學獎時也有即時的、應景應急的文章，和照片。

更有「新意」的一點是，因爲編副刊，我認眞去看「個人新聞台」上的文章。

會「闖入」新聞台，是由於兒子去美國讀書，開了一個可以給他的朋友和家人共同了解他留學情況的台。每天我去看看他有沒有「貼」上新的文章，也去讀「留言版」，看他的識與不識的讀者如何反應——很多留言只是朋友間的問候、閒聊。感謝科技，兒子不必花時間給每個人寫信，不必打國際電話，海內外的我們就統統知道他如何過日子，見到了什麼朋友，或聽了什麼世界級人物的演講。有些短文很有趣，問他可不可以讓我拿來登在副刊上？他說不可以，因爲是隨興寫，純是給自己人看的；發表在報上，以後寫起來心裡會有負擔。不過沒關係，e世代年輕人熱愛在網路上抒發個人心情，或生活報告，互相切磋取暖，新聞台那時都已超過一萬台了。我連線去造訪很多其他人的台，發現多的是更適合發表的好文章——奇怪他們爲什麼不去投稿報紙？當然，平面媒體有限，上報的機會不多。而我既然喜歡那些文章，又是「前輩」，豈不應本於發掘新人的心意，像個星探那般在這個園地上尋覓新寫手？主動出擊可比等人家投稿來更有「創意」呢。

收到我徵求刊登作品的 e-mail，作者的回信都很快，可見他（她）意外的歡喜。登了三四篇後，有人注意到了，說這幾個新面孔寫的東西不錯。有識貨的「慧眼」相看，有一天走向報社的途中，欣賞著路邊高大的洋紫荊樹和開向天空的花時，靈光一閃，想到何不找一些新聞台的文章來做兩天專輯，就簡單明白叫「網路小品」；讓很多沒有接觸網路的人也可以讀到它們。

於是不只下班時間，在辦公室，我也常撥出時間去看新聞台整點推出的文章。網上有人做篩選工作，我可以先由「推薦閱讀」的文章點閱。日子久了，知道哪些台的作者有一定的水準，要找到可用的文章不難。意外的是，有一位作者收到電子郵件後打電話告訴我，我不能用網路上的文章；它們既已在網路上發表了，我拿來在自己的副刊上刊登，無疑是用「二手貨」；報紙是給稿費的，作者也不應把網路上發表過的拿來投稿；某人在報紙有個專欄，但才登一篇就被「檢舉」是在網路上出現過的，專欄便被取消了。……

聽她那麼誠懇地說明，我一時也猶豫了。考慮兩天後，至少出於不要讓人覺得我們用「二手貨」的心理，只好向那些原先答應了我的作者說明理由，並道歉。其中一位後來在他的新聞台中貼了一篇文章，說他歡歡喜喜地「逢人就說」他的文章要上報了，還回去給他那對文章登在報紙上毫無概念的老母親說明，誰知後來卻收到電子郵件說不能用了！

讀到這樣的文章，我更加抱歉。雖然我誠懇地希望他們以後把新作貼到新聞台前先寄給我，卻一篇也沒收到。因爲不耐等待甚至可能被退稿？在網路上即時「登出」是很過癮的寫作動機。

數月前，兒子回國，談到《明日報》的關閉和原先附屬於它、如今獨立存在的眾多「個人新聞台」時，已在千禧年年底離開職場的我跟他說起那次烏龍事件。他大大不以爲然，說網路新聞台是虛擬的刊物，面對的只是小眾，上面的文字與私人信函差不多，當然可以拿到大眾媒體上發表；不願刊登已在那兒發表的作品的強勢媒體只是出於壟斷市場云云。

他在台灣學的是相關科系，口氣又那般篤定，很有些說服力。不過我還是存疑，「就算你說的有理，當時灌輸我不能用網路文章這觀念的是年輕人，我這個對網路所知有限的舊人類當然要敬謹接受人家的觀點。」在科技面前，我只好臣服於年輕人啊。兒子於是笑我「害怕」年輕人，我說我「害怕」或者說服膺的是科技新知。

其實與兒子談這件事之前，我也思考過網路與報紙的關係。在我也開了一個個人新聞台，「近距離」地參與後，根據「留言版」，發現會光顧固定台的幾乎是固定那少數人。而即使文章得到推薦，被點閱的機率較多，從「人氣指數」增加的數字看來，造訪的讀者也不過十位數甚至個位數；與在報上被閱讀的機率不能相提並論——熱門的網路長篇連載小說只是偶然的特例。我想我當時是被破萬的新聞台數目所誤導，以為眾多台長就是基本閱讀人口，會到處瀏覽。幾個人會有那麼多時間呢？

那麼，當時我取消了製作「網路小品」專輯，似乎是反應過度了？

但是，我也注意到有些文章在報上發表了，作者才會把它「貼」進他的台，並註明在報上發表的日期。是出於對付稿費的媒體的尊重（或「倫理」）？如果是編者自己不在乎用所謂的「二手貨」，當然就沒有關係了。

後來我特別留意那幾名被我黃牛了的作者，發現他們如今有人出了個人的書或多人合集，有了不錯的成績。可見會寫的人總會被慧眼發現。而那位嚴謹地告訴我不應刊登網路文章的作者，則早已是出過書的作家；只是我當時孤陋寡聞，才會把她當新寫手。

二〇〇二年二月二十日，中華日報副刊

槭樹小巷

我常愛走一條短短不到一百公尺的小巷；因爲它兩旁種有十數棵高過四層公寓的槭樹。走在美麗優雅的樹下，仰頭顧盼之間，自己也「生姿」了起來。

二十多年前搬到這個社區，散步時常看到小公園邊公寓一面牆上掛著一個厚紙板，哀哀求告著「爲了讓這面牆有一片綠意，我辛辛苦苦栽培這幾棵爬牆虎，請不要忍心傷害它們。」我把注意力放在「栽培人」的苦心和那幾次忽然攔腰折斷的爬藤上，想著到底是什麼樣的人在偷偷考驗著栽培人的耐心，也好奇著誰會在這場「拔河」中獲得勝利，以致竟沒有注意到附近的槭樹正一年一年默默地成長壯大。

所以有一年有一天，忽然發現槭樹已亭亭玉立時，眞有「驚爲天人」的感覺。

春天，它們映照在空中、綠得幾乎透明的葉子，總讓我想到嬰兒「吹彈得破」的肌膚，或者通透溫潤的翠玉。有意思的是，明明是樹幹直徑一尺以上的「成年樹」了，長新葉的季節，卻總有一些嫩葉長錯了地方——不是長在高高的樹枝，而是「跨級」長在黑褐色的樹幹上。好像稚幼孩子畫「人」，不會畫胳臂，小手掌憑空長在軀幹上。有些新葉還乾脆生在樹「腳」邊。忍不住要想像枝密葉茂的「頭」低下來看看腳上這稀落的葉子，大聲跟它們對話——距離那麼遠，不大聲就聽不見啦。

秋天，葉子枯黃帶褐紅，在樹上有一種蕭索；落下，又另有風情。

有一回走過，看到停在樹下的車子引擎蓋和擋風玻璃前厚厚一層落葉，居然被那種寧靜的美感動了。車子很少給我寧靜的感覺，事實上，走在小巷中，還常常遺憾車子破壞了美感。這回看到鋪了蓬鬆落葉的車子，卻揣想著車子「寄人籬下」的無奈；想著當它輕輕滑出巷子時，車主人會用手揮掉落葉，還是上車後再開啓雨刷刷落？還是像由高山上賞雪後下山的人那樣不捨，讓雪（落葉）停在引擎蓋上，自由自在地一路隨緣？

小巷除了樹美外，還與小兒子的童年有些牽連。小巷第一家原來住的是他的同學小金，他的父親來自鹿港望族，以老家拿來的一些「肅靜」之類官家牌匾鑲嵌在矮牆上。那是很古雅的裝飾，卻害我總是擔心有人把那些寶貝挖走。兒子和小金很要好，幾乎天天打電話問他今天要做什麼功課，明天要帶什麼去學校？所以我戲稱小金是兒子的祕書。後來「祕書」他們搬家，去上不同的小學，嵌在牆上的骨董也帶走了。但說起那條巷子，我們至今仍習慣說，「就是小金家那條巷子。」

不過那到底是槭樹還是楓樹？看久了我卻疑惑起來。很多人以葉子三裂或五裂來區別，有人卻說看幾裂不準，必須看葉子是互生還是對生。還好，不久之前，我看到樹上一面牌子寫著：青楓，槭樹科。原來「楓」可以是「槭」的家族，或者說槭的家族裡可以有樹取名「楓」。其實名字沒有那麼重要，小巷裡的樹不管叫槭叫楓，到了春天一樣長出通透如翠玉「薄片」的葉子。

巷子裡有一家小咖啡館，垂著蕾絲窗帘的窗檯上經常擺兩盆花，而小小庭園中擺西式桌椅。每次經過，就覺得坐在外面的人更浪漫些。當他們用餐時，偶爾會有落葉飄到玻璃桌上甚至餐盤上吧？

聯想到有一年和丈夫在阿姆斯特丹，那是九月的早晨，我們在「梵谷美術館」花了一個上午欣賞梵谷的作品，驚嘆原作的生動感人，也粗略看了部分他自殺死亡後眾多名人、親友寫給他弟弟的弔唁信函。美與感動很難言宣，走出美術館，甚至覺得梵谷雕像旁、一台寫著「吃的藝術」的賣熱狗的推車也很梵谷了。一時還捨不得離開，就在館邊公園小食亭買了漢堡和熱咖啡，解決午餐。有小鳥來分享我們的午餐，也不時有落葉飄到我們的餐桌上。讓我嘆爲觀止的是，廣闊的地上鋪著厚厚一層黃葉，勁風一吹，它們便「捲鋪」向另一邊。風向一變，它們又如海浪，向另一個方向行軍。我第一次知道什麼叫做「風掃落葉」。這樣龐大的落葉大軍，眞像在大將軍指揮下，有規律地前進後退。

鴿子過來覓食，我丟出一小片麵包；一隻麻雀俯衝下來，啣走。臨走時，我用手「撥掃」桌上的麵包屑，正好一片黃葉掉下；撿起來，又一片落在椅子上，再拿起。因爲一上午梵谷的薰陶吧，看什麼都充滿詩情畫意。正要離開時，噗噗兩聲，兩顆不知名的新爆裂的果核，彈到桌上。我又小心撿起，成爲梵谷美術之旅的紀念品。那噗噗的聲音，是很美的「餘音」了。

一九九七年十一月二十八日，中央日報副刊

好漂亮的風

風是有形狀的。

天空高曠，忠誠路上一路的欒樹也神清氣爽。大篷大篷的花已度過絢爛期，開始結子，所以是淡褐色的；有點像乾燥花，沉默而典雅。寬敞紅磚道上的落葉是風的附身，忙不迭地奔跑、翻筋斗；「搓搓」的聲音，好像是小麻雀在水泥地上邁著小小的腳爪疾走。

在誠品書店前，風變成一朵超大的百合花。

一對穿白色禮服的新人，在攝影師的「導演」下拍照，他們的表情動作都僵硬呆板。在不時有各色人等拋來眼光的地方拍照，要不「板」大概也不容易吧？好在秋日午後柔和卻心意堅定的風，把新郎的白長褲鼓得飽飽的，好像還在琢磨著要給他一雙有翅膀的軟靴，好讓他飛起來；也把新娘緞質長禮服揚了起來，彷彿在這個建築簡單頗有歐洲風味的「台地」上忽然貼地綻放了一朵清純的超大百合。而且是像水像風一樣流動迴轉的百合。

我駐足，大聲驚嘆：「好漂亮！」眼睛望著新娘，其實竄入思維中的第一個念頭是：「好漂亮的風！」

「人家吃米粉，我們喊燒」，兩個擁有秋天閒情逸致的中年女子索性熱心地教新郎的下巴抬高一點、新娘笑一笑，並且不時讚美兩句。攝影師和助手都很年輕，他們小聲說道：「要逗新娘笑很難喔。」可我們一逗，他們的臉部肌肉就舒展、笑開了；有了笑容，人看來自信得多也美得多，接下來就拍得很順利。背對著鏡頭的新郎還忽然把捧花藏在身後，而新娘也很有默契地回頭去搜尋，兩人的表情自然而俏皮，機不可失，快門按下，把那美好的神色攝入。攝影師要他們做個即將親吻的動作，他們也「演」得很好。所以他說我們是很好的助理。

兩個中年女子闖入秋日一個美麗的場景，還參一腳，看在新人眼中大約很逗笑吧？也許我們就像電影中那闖入舞台、當機立斷軋一角、以矇騙後面追兵的人？不由想著，新人拍外景時間很長，太累太花時間，沒有家人或朋友在旁逗笑耍寶，效果顯然比較差；也許攝影公司可以考慮雇用職業啦啦隊呢。

我這是第二回做這樣的「義工」，第一次是和同學在故宮旁的「至善園」，在那亭台樓閣小橋流水之間跟著兩三隊新人「出外景」，是小規模的「跟著戲班子走江湖」；今天則是靜靜地站在同一個地方，看風在帶有文藝氣息的平台上四顧遊走，把新娘的禮服塑得靈動如風，也把秋天唬弄得忘了擺出「沉思者」的姿態。

秋天讓人的心情特別感性吧？終於走開後，看著一路精緻的店面，一時還以爲自己是在旅行，是走在某一個異國的城市。而想像也如風那樣，一下子是三劍客翩然而去的斗篷，一下子是仙女飄飄的衣袂，下一刻卻是鬥牛士手中虎虎作響的大紅布。

一九九八年一月二十六日，自由時報副刊

讀過佛經的楓葉

吃過了旅館食物精緻、磁器小盤小碟小碗也細緻如藝品的早餐後，我們帶著閒散卻又認眞的心情到奈良國立公園散步。住日式旅館，睡榻榻米，用陶碗喝綠茶，又在房間裡享受女侍繁瑣多禮的早餐服務後，多少會認眞起來吧？

十二月的早晨，空氣清涼而乾淨，昨夜下過雨，細石子鋪的地還有些潮濕；對照大片白色細石地，紅色和杏黃色錯落的楓葉，非常好看。園中有幾棵柿子樹，葉子已掉光，掛在樹枝上的柿子紅得誘人。在台灣看過柿樹，大概因爲背景就是果園吧，只體會到它的實用價值；在這兒，它比較像一幅畫。把畫裡的柿子摘下來嘗嘗，不知是什麼味道？不過，看著握長竹帚仔細認眞地掃地的老工人，不敢造次。

園中美術館、博物館都尚未開門，我們散著步往「新藥師寺」。丈夫把這次旅遊的定點放在奈良，我本來不以爲然，我比較想住在京都。可現在走在安靜的奈良街道上，我發現這個古都雖然沒有京都吸引人，卻另有風情。蜿蜒的小街道仍多老式日本木造建築，有了年歲卻維護得很好。更意外的是，我們一路看到「往志賀直哉故居」的牌子。志賀直哉是日本有名的小說家。可惜到達時看到「木曜日休」的告示，那天正是木曜日。跟我們一起哀嘆的是一個自助旅行的日本女孩。沒辦法，張望張望那有大庭園的兩層建築，再在外頭拍拍照，算是到此一遊了。

這日的運氣似乎不太好，「新藥師寺」修建中。好在奈良的寺廟多得不得了，我們閒閒走到「春日大社」。它與京都平安神社大同小異，還以爲十一年前我來過呢。進寶物館去看看兩個極大的鼓，誰知卻是複製品。還看看一些漆器、千年古箏、華麗的武士冑。

東大寺是觀光客必到的所在，我每次來奈良都會去；反正時間從容，心境也從容，我們選擇走森林小道。由奈良公園走過來，一路上有好多鹿，已去角，天冷，個個髒相，不好看。尤其老鹿，好像童話故事中有鬍鬚的老山羊，楞楞地看人。撿楓葉時少不得會碰到個把鹿屎，楓葉再美，也只好扔掉；離開春日大社後才撿到一些乾淨的。

有告示說正值交配期，不要靠近鹿群，我們小心地與牠們保持距離。在陽光下奔跑的鹿看來乾淨俊俏得多。牠們成群奔跑，好像有斥候說了「前面有吃的」，大家齊往前集合。不過到了某一個定點，並沒有可吃的，大家停下來，又楞頭楞腦地站著觀望，模樣很滑稽。

東大寺是目前僅存的世界上最大的木造建築，每次來都看到很多遊客和日本學生。以前總覺得日本小孩皮膚白細，所以比我們好看；這幾年看多了，發現他們的皮膚不見得比較好，五官也不夠分明，還沒有我們自己人好看呢。尤其個個穿黑色或藏青色制服，好像小警察。日本人的衣服好像普遍淡雅，冬天不是該有鮮豔的顏色嗎？街上卻少見大紅衣服。

東大寺的「夫婦大國社」牆上掛著好多木製飯匙，旁邊另有一小山的木匙，人家許願的。日本人喜歡許願，寺廟總掛著無數木片、紙條；因爲寫著毛筆字，越顯出其中的恭謹虔敬。在東大寺，楓木林渲染出一片豔麗的風景，地上也是一層火紅的楓。踩在楓葉上簡直不解風情；但爲了挑取特別精美的，也只有如此了。我撿得了不少美得不得了的楓葉，有蟲咬的，還讓人聯想到詩——象形文字的。

下午我們到「依水園」參觀。園是十七世紀一個染料商人建造，供詩人墨客喝茶吟詩。庭園中有亭台樓閣，在淡淡的陽光下，非常沉靜美麗；一間小小的美術館蒐藏有唐書宋刻、鼎，以及王羲之字帖。

彷彿是一場小規模的「寺之旅」，接著我們到「法隆寺」。這是世界最古老的木造建築，裡邊有很多珍貴的佛像；可惜只能趴在木窗往裡看，裡面的照明又不佳。

因爲日本朋友已先約好，後來我們得以到寺的總住持大和尚家拜訪。女主人給了我們標準的日式茶點，綠茶和切得很薄、顯得特別精緻的羊羹。我聽不懂他們談些什麼，只能感受到一分很「一本正經」的莊重氣氛。窗外小小的庭院，使這分清談顯得有些「川端康成」。老和尚快八十歲了，講話慢慢的，有三個兒子。據說以前總住持是世襲，現在接他的傳人不是他兒子，但有可能跳過一任後，再由他的兒子接任。臨走之前，我要求看看他的房子。標準日式房子，坐在客廳中，眼睛可以「穿越」一排房間；可是要站起來一間一間仔細看，才知道榻榻米邊的木板上成排珍貴的蒐藏。很多東西恐怕也和法隆寺的珍藏一樣，屬於國寶級了。

從法隆寺出來，在一家小店喝茶。店小巧可愛，方形木條窗格上貼有「亭主人告白」的食單，不同字體的毛筆字極具藝術味道。食桌玻璃墊下的亦是，光「酒」字就有瓶狀、笑臉狀、三角形、方形、圓形。

不知「葛湯」是什麼東西？叫了一碗來嘗嘗。樹根熬成，綠綠的，有些像加了顏色的太白粉「粥」——小時候母親拌太白粉做漿糊時常會先拌一碗加糖的讓我們解饞。葛湯說是減肥食品，可卻太甜了。我比較欣賞的是形狀各異的手拉坯陶碗和陶茶杯。食單上還有一樣東西叫「善哉」，居然是紅豆湯。在法隆寺外牆上看到一個小牌「文化財大切」，大切是保重的意思。所以「玉體大切」就是保重玉體，不是分屍！

回到旅館，袋中的楓葉已乾癟。我把它們泡在水中，吸飽水分後擦乾再夾在旅館裡供人閱讀的一本佛經裡。第二天拿出來，雖然不夠平整，我仍珍惜，是讀了一夜佛經的楓葉呢。

一九九八年二月十七日，新生報副刊

一段曝光的旅程

撒在愛琴海中的夜明珠。詩人如此形容希臘眾多美麗的島嶼。

我們由遊輪「奧德賽號」上岸的第一個島叫做米科諾斯，是其中一個非常璀璨的夜明珠。

島上很多賣銀飾的店。也許應該說因爲我們知道希臘以手工打造銀飾出名，目光都集中在這種店。尤其芹，本來就喜歡銀飾，到了這兒，我戲稱她的頭上裝有金屬偵測器，總是比別人更快偵測到銀子的磁場；然後一頭鑽進去，低頭仔細審視玻璃櫃中的工藝品。她自己也說回台北後大概會有一段日子脖子抬不起來，低著頭走路，「而你，你會一直抬著頭走路，像在這兒看希臘的天空一樣。」她對我說。

天空雖然不時吸引我去求證是不是眞的「很希臘」，但其實我也有很多時間跟著她的「偵測器」走入一家又一家銀飾店。像此刻這家，我們就盤桓了頗有一些時間。

據說希臘銀子多，希臘人也懶，根本不會費神去做摻雜其他成分的銀器。更可愛的是，每一家的飾品有不同的風格，項鍊墜子、別針都有不同的設計。在雅典我們已見識到很多獨一無二的首飾，那兒很多成品就是來自愛琴海上諸島。我們現在入迷的這家銀飾店，一對年約六十的夫婦經營，便是店家自己設計、打造，兼販賣。太太脖子上一條有抽象圖案造型、沒有綴飾任何寶石的銀鍊子非常好看，我們想買，她說那是她丈夫唯一爲她打造的，再沒有類似的。

那老闆，安靜優雅，蓄鬍子，藝術家的模樣，專心在燈下工作。我問他可以拍照嗎？可以。雖然頭仍低著，但那分專注瀟灑非常好看。

在那小店，我們四五個人買了不少琥珀或藍色拉比斯墜子的項鍊。前者來自波羅的海，後者是希臘的特產。這家店還有很多雕工精緻造形特殊的十字架，可惜當時沒有人識貨。

領隊告訴過我們在希臘買東西殺價不必太客氣，可是或許有人還的價的確「狠」，那太太在答應之後，竟面露痛苦之色，說：「我不快樂。」

看著她的表情，我心裡想著，這個希臘人眞是老實。她好像不會拒絕，只好勉爲其難。

在雅典有名的布拉卡街，我們見到的商家也很老實，首飾一盤一盤拿出來，有時又要到裡邊或外邊拿掛在牆上小櫥的成品。客人多，卻完全不擔心這些小巧值錢的東西容易被摸走。

買了一條項鍊後，我覺得對這個小島已有「交代」，決定自己去觀光。

黃昏，愛琴海的天空已不再那麼亮藍，但是岸邊一排一排房子清一色的白，把海水襯得更加蔚藍。我沿著岸邊走，看看棉布衣店、紀念品店，然後踱進彎彎曲曲、建築以白牆和藍色欄杆爲主調的小巷子裡。那兒有很多露天餐館，觀光客閒閒坐著喝酒看人。優閒的氣氛這兒最明顯。愛琴海諸島提供給遊客的除了海灘陽光和古蹟外，最主要的不就是優閒嗎？我是不是應該坐下來喝杯咖啡？甚至吃一盤海鮮？店前展示著好多大章魚、大螃蟹。姑且這麼想想而已，我可不想錯過回遊輪的渡船。下船前，船上工作人員已「警告」我們，「遊輪準時開航，如果你要在島上落戶，那麼你可以流連忘返。」

我選擇用一雙腳親近這個小島，體會她的逍遙，也享受優閒。

也透過觀景窗，欣賞，拍照。

一家餐館前，有一隻大鳥，應是鵜鶘吧？站在大石上，好像站在肥皀箱上的演說家，拍動大翅叫人家注意。有一個紅髮女子投給牠一個啤酒罐，牠啣住，再扔出去，順便咬那扔罐的人。那女子居然不怕那大嘴，繼續扔罐逗牠，惹得圍觀的人大笑。

我拍下牠揮翅反擊的動作和女子飛揚的臉，然後散步著到港口去搭渡船。

第二天，遊輪在一個叫「羅德」的島靠岸。

這天我們參加的是半日遊。女導遊性子急，講話快，好像訓導主任，在她做解說時不要我們說話、拍照。

羅德市卡斯特羅皇宮，也叫聖尼可拉斯堡，建於七世紀末，先後是拜占庭時代及聖約翰騎士時代的要塞，十四世紀初修建爲行政中心。城堡占地很廣，地下層是儲藏室，戰時卻是百姓避難處；十九世紀中葉，第一層傾圮，一九三七年重修。

羅德市建城於紀元前四世紀，歷經希臘人、羅馬人、十字軍、土耳其人先後的統治。

一九九三年起，羅德市開始建城二千四百年的特展，現在也仍在堡中展出。不同統治時期的文化、生活形態和用品想必很有看頭；可惜我們沒有那麼多時間，只能看看美麗城堡的外觀，拍拍照。穿過城堡的一條鋪卵石的長路，特別好看。兩旁岩石建造的屋子更是各有特色，我忍不住拍了一張又一張的照片，也爲同伴拍。在有四五百年歷史的老屋前，現代人會有一分「古趣」幽雅，照片的效果多半很好。城門、老樹和高踞牆縫的植物也是很好的背景。

下一站是一家製陶工廠。我先拍了鄰近廣場的教堂、小巷裡高高飛揚的刺繡品，再走入陶器工廠。陶盤、陶壺、陶罐，上面描繪的不少是希臘神話故事以及希臘花卉、昆蟲。因爲是手工的，所以珍貴。在店員擲摔兩個盤子以示其堅固後，我買了兩個。也拍了兩張正在繪圖上色的女工。

然後是此行的終點站，林都斯市的衛城。導遊說必須上三百個石階，如果體力不夠，可以就在山腳下廣場觀光或瞎拚。廣場上有一座很有名的拜占庭教堂，其中壁畫保存完善，噴泉的水仍經由古時候的水管導引過來。……

天空是絕對的希臘，陽光是熾烈的，可是我只猶豫了一下，決定走上去。在雅典已看過舉世聞名的衛城阿卡帕力斯（Acropolis），巴特農神殿就建在那兒；這島上的衛城，不知規模如何。熱一下累一下何妨？

走上山，才知道三百多階根本是唬人之詞。因爲石階不是一鼓作氣，也不陡，而且一路上的山壁斜坡上攤著一張張繡花床單、桌布，圖案是希臘花卉和神話故事，美得不得了，儼然一個刺繡展。販者多爲中年婦人，個個笑容可掬。一方面因爲我一向怕麻煩、不用這麼精緻的東西，一方面它們也著實不便宜，我選擇把它們攝入我的相機裡。

然後不知怎麼一回事，相機發出嘰嘰的聲音。只拍了二十多張，這下底片卻好像往回捲，停在2上。這個相機很好，但在雅典時出過一次狀況，使我一下子對它信心大失；在腦中一片空白的情況下，來不及多思考，就打開相機蓋子，拉出整捲底片，完成了「曝光」的動作。

然後馬上懊惱不已。怎麼會那麼愚蠢魯莽！再也拍不到的照片啊。

林都斯的衛城與雅典的大同小異，反正是遺蹟，是廢墟，都是斷垣殘壁。我這麼安慰自己。手邊沒底片，我收起相機。可是不同的石柱不同的雕刻，某些角度真是值得拍照留念。有些遊客很性格，更是我愛悄悄偷拍的對象。站在衛城頂端看下去，海水，尤其是一方似湖的水，藍得像琉璃，不比在義大利卡布利島藍洞看到的水遜色。如果有相機，我會拍。

人本來就是這樣，失去了才特別珍惜。坐在大巴士回遊輪的路上，忽然悵惘地覺得這兩天我所看到的都不存在了。羅德島古堡上的天空、卵石路、城牆上小小的樹、描繪陶器的女子，還有米科諾斯島美麗的港口、那認真打造銀飾的希臘人、小巷子裡藍白兩色的樓房……

這些都隨曝光的底片消失了；底片曝光，那段時間也泛白，好像我根本沒有經過這一段旅程。我想到一個同學在家遭火災、照片給燒掉大半時，心疼的竟然不是家具，卻一再傷心地說：「我的童年我的少女歲月都給燒掉了。」我說只有照片才能代表你有過的日子嗎？以前的人沒有照片，豈不過白紙般的一生？

可不是！沒有照片又不表示我沒看過風景。但是，少了照片，旅行的質地好像變得稀薄了。

想起這一日坐我旁邊的是個中年法國佬，他不懂英語，卻搭這輛英語導遊的車子。我問他那你聽不懂怎麼辦，他用肢體語言和簡單的英語單字告訴我，另一輛車子的導遊講西班牙語，也不懂。反正看風景就好了。他沒有拿旅遊指南，也不關心導遊講的什麼。他看到的城堡、天空、橄欖樹也許比我看到的更純淨而美麗吧?也許那是最感性的旅遊。

這麼想著，一捲曝光的底片似乎也沒什麼了不起。至少爲了彌補，現在我才會「倒帶」，把這段旅程在腦中回想了一番。

更意外的是，兩點回到遊輪吃過午餐後，我們仍有時間下船蹓躂。同伴們低著頭看銀飾時，我在羅德市的廣場上漫步，欣賞回教風味的建築和在階梯上做日光浴的觀光客，然後確定時間來得及，便快步衝向一處有高塔的城堡。原來它正是早上參觀過的城堡。得以再度走在卵石路上，雖然時間匆忙，也不復早晨的天光雲影；但如此緊湊的觀光行程，居然能走回頭路，拍幾張照片，也是意外的機緣了。

一九九八年十二月五日，世界日報副刊

趕著去領諾貝爾獎？

去希臘開會，有個下午總算可以「抽離」海邊郊區，讓隨美國外交官丈夫外放到希臘兩年的韓，帶我們到一個小時車程外的雅典。

姚、田和我三個人坐上韓的車時已將十二點，為了趕在兩點商店關門之前可以小逛一下，韓開得頗快。沿著長長的海岸，左邊是愛琴海，右邊是錯落的商店，風景美麗。愛琴海在陽光下，是跳躍歡快的藍，忍不住要想像有希臘神話故事裡的人或神在其中騷動。

然後離開海岸，道路漸漸寬闊，兩旁的建築漸漸壯觀，車子也越來越多。韓說雅典人開車凶猛慓悍，在雅典開車好像衝鋒陷陣。說著乾脆嘴裡為自己加油喊「衝」，還不時自言自語。她說這是多年的習慣，讓路給人時，她說：「OK，給你一條生路。」對那開得太快的，則是，「幹嘛，趕去領諾貝爾獎啊？」她說這是客氣的，以前會說比較毒的話，她的丈夫很不以爲然，才改了詞。有一回，她和別的駕駛吵架，用中國話罵對方王八蛋，對方問她那是什麼意思？她回以「烏龜的蛋」。她丈夫是中國通，中國話不比她這個中美混血的作家差，不平地，「What's wrong with turtle's eggs?」

她對希臘的男人沒有好評，說希臘是男人的天堂。他們打扮得光鮮，在外面逍遙，回到家裡，卻看到油瓶倒了都不會去扶起來。兩點離開辦公室或商店回家睡長覺，或端杯酒在陽台上淺酌，因爲太優閒自在，有人還喜歡一絲不掛。有一次一個人家的菲傭趴著擦地，一抬頭看到赤裸裸的男主人，嚇得只差沒昏倒。相反的，做太太的從早上去買菜開始，一整天就是忙著做菜、洗燙衣服和紗質餐巾桌布、刷陽台。希臘建築的陽台大，長夏在陽台上吃飯，從擺桌椅、鋪桌布、擺鮮花，伺候家人吃飯，到半夜收拾殘局，女人忙得連笑的力氣都沒了。

韓一面眼觀四方開車，一面以中氣很足的嗓門說話，又因爲愛笑，每每自己說著說著就先大笑，引得我們也一路笑。有這直爽熱情的「在地人」爲我們做簡報，也算是我們認識希臘的一扇窗了。

她還告訴我們一塊美金兌將近三百德拉克馬（希臘幣），尾巴的零太多，所以買東西討價還價之後，要小心最後結帳時被加幾個零回去；因爲希臘人知道觀光客弄不清楚那麼多零。如果你發現，跟他說，他會笑笑改回來。「他們不認爲這是欺騙，而是鬥智；如果你沒發現，被坑了，他們認爲你不如他聰明，活該。」

聽她這麼說，我想起在一本旅遊書上讀到的描述：早年的希臘人嚴格遵守禮儀和榮譽這兩條生活規範，海盜也不例外。十九世紀初，一位歐洲貴族被友人贖回去前，捕捉他的海盜對他極盡禮遇，放行之前，甚至替他刮淨鬍子，還堅持他和友人留下來分享烤羊肉及餘興節目。最後祝他們一路順風，希望未來還有機會逮到他們。

傳承到今天，是不是演變成做生意時禮貌地成全你的還價，最後再把你賺回來？

終於到了商店街，韓帶我們到名牌鞋店，又到銀飾店、服飾店。據說在雅典，買名牌皮件最划算，它的價錢比歐洲任何城市的都便宜，而銀飾是希臘有名的藝術品。接著我們又隨興看幾家開著門的。時間已過兩點，無魚蝦也好，只要是開著的店都不放過。希臘人可不像咱們台灣人，只要有客人來，店開到半夜都沒關係。先前「容許」我們進去的店有的正要關門，韓特地好言跟人家「情商」，說我們從台灣來，在「遙遠的拉勾尼系」開會，難得有機會到雅典市區。

不過，結果最有斬獲的是韓自己。一方面她熟門熟路，購物得心應手，一方面她本來就是很阿沙力的人。她根本不講價，每樣東西一看上就二話不說。可見「在希臘買東西一定要講價」只是理論。不過就算她還價，我們也無法見識希臘人是不是會把讓步的零頭加回去；因爲美金通行無阻。倒是見識了希臘人對休息時間「頂眞」的脾性，有一家韓買好了一個很好的小旅行皮箱，付了錢後，夥計對老闆說單子由他開，就走了。

時間到，幾乎所有店都只給你 window shopping，只好去吃午餐。

我們要求簡單有特色，所以韓帶我們就近一家餐廳吃「蘇格拉底」——好像是 sovlaki；既然是在蘇格拉底的國家，就用他的名字來喊了。「蘇格拉底」類似沙威馬，非常好吃，外層的麵包尤其酥而香。每人一盤希臘沙拉，亦不外番茄、洋蔥、小黃瓜、乳酪和橄欖油，卻比我們連日來在「拉勾尼系」大飯店吃的好吃得多。田對麵包讚不絕口，要把吃不完的帶走，韓說在希臘麵包極便宜，因爲他們生產的麥又多又好；如果我們那麼捧場居然要帶走麵包，老闆會追出來送一條。

縱使希臘有那麼多麥和麵包，可也仍有小小年紀的孩子辛苦賺麵包。我們吃得心滿意足時，一個男孩過來賣玫瑰花，韓爲我們三人各買一朵。「幫人一點忙。」她說。剛才在街道上等紅燈時，也有阿爾巴尼亞小孩自動過來擦擋風玻璃，擦完一邊，韓就從車窗遞錢給他，

「先給，讓他放心。」他收下，去擦另一邊。韓說有些人玻璃給擦乾淨之後，揚長而去。「這樣欺負人，小孩碰到這樣的情況多了，心中有恨，長大說不定就變成恐怖分子了。」說起這，她可就咬牙切齒，笑不出來了。停車時，也有快被滅族的庫德人來發傳單。雅典街頭顯然有不少人種。事實上，這幾年歐洲各大小城市都充斥著鄰近各國難民。

到韓的家之前，她說因爲幾天忙著開會，沒有上超市，彎去一下。這樣的「觀光行程」在我是意外的驚喜。菜場是最好的生活展示場。一進去果然大開眼界，大大的水蜜桃，大大的哈密瓜，好多葡萄和西瓜。雖然多是這幾天我們在飯店自助餐可以大量吃的水果；不過看到它們在超市裡一堆堆一箱箱擺成小山，特別能感受到地中海國家的陽光，感受到太陽神阿波羅對這塊土地的眷顧。在希臘看到的花，不少台灣常見的，像天竺葵、夾竹桃、九重葛，也比台灣的大得多、肥美得多；好像站在山野邊的布衣荊釵，自生自長就可以這麼理直氣壯、顧盼生姿。

超市極大，櫃上的食品也是大號的。整隻剝皮羊腿、大大的全雞。裝袋的牛羊肉分量也很驚人，大概是台灣分量的三四倍。也有很多大塊頭的起士。韓說希臘人得天獨厚，如果美國人也像希臘人吃那麼多肉，不曉得要胖成什麼樣子。希臘人大體身材不錯，很可能是他們的食物有大量橄欖油和檸檬的關係。

橄欖醃製品也是教人看不完，還有橄欖夾杏仁的零食。不過他們的口味一般說來比較重，我們不習慣。

韓的家在高級住宅區，二樓。樓下大大的公共庭園，大片草地邊緣種有高大的橄欖樹和柳樹，在風中搖曳生姿，很有希臘風情。她燒得一手好菜，在《幼獅文藝》上讀她做美食宴客的散文，再看看精緻的廚房、一瓶瓶五彩繽紛的作料、冰箱上和牆上掛著的裝飾和透過窗子展示的好風景，想像她在這兒調理食物也彷彿是一篇美好的散文。不過外交人員眷屬，調理食物的心情大概也會有較不尋常的起落。在我們停留雅典的期間內，雅典的美國學校被放置炸彈，在緊急撤離學生、爆破專家成功地拆除爆烈物後，他們到她家享受一頓中國菜。那樣一頓飯，就不是一般宴客的滋味了。

屋子寬敞，家具典雅，但她家的特色還是在讀書的氣氛。買書、讀書、談書、組以中國人爲成員的讀書會，是她在希臘的生活重點。說到買書，她曾在一家骨董書專賣店買到一張一八五七年三月在倫敦出版的英文報紙，上面半版大的版面是鴉片戰爭期間，一艘木製戰船上的中國水軍奮勇划槳的照片；那視死如歸的英雄氣概，感動了她這個心中永遠帶著故土的人。現在那張一百四十年前的舊報紙裝框掛在她的客廳裡。

陽台很大，可以容納三十個客人。我們坐在廚房外那一片較小的陽台上喝茶聊天。雅典九月的傍晚很舒服，天空明麗的藍，有微風輕拂。看不到對面有人表演「天體秀」，倒是看到一個希臘主婦進進出出在陽台上收衣服、拍打毯子。

這麼舒服，眞可以就在這有花有茶有笑語的陽台上睡一覺呢。

可惜時間不多，來的時候趕兩點，回去則要趕七點。大會的活動，帶大家去看夜間巴特農神殿的「聲光劇」。

因爲是尖峰時間，韓選擇走一條她形容爲「窮山惡水」的路。樹少，人少，房子少，山岩多。她說希臘產很多礦，不然哪有辦法蓋那麼多神殿。現在義大利以大理石聞名，其實很多是義大利的公司在希臘簽約開採，送回去加工再出口，就變成「義大利大理石」。

一面開車，她又一面開始自言自語了，對不遵守交通規則的人說：「反正有山有海，如果你要去撞山跳海，我也不攔你。」對開得比她更快的人說：「急什麼，要趕……」我說不對，現在應該是我們趕著去領諾貝爾獎了。

一九九九年二月七日，聯合報副刊

遊學峇里島

我和她相偕出國旅行的經驗算很豐富了，而且是以不同的方式，包括參加旅行社辦的團，和文藝團體去開會兼旅遊，兩人連袂去美西和美東找朋友、開座談會，以及五月底峇里島長達十天的半自助旅行。

我們的共通點是，不怕走路，對美感的看法極接近，喜歡民藝品，不買昂貴的東西，喜歡與在地人或旅人說說話，與帥哥（美女）拍照，生理時鐘相近——同遊義大利的第一個晚上，因爲時差，我睡不沉，幾乎每個小時探看一次小几上的手錶，而我每看她必也醒來問我幾點，讓我大叫，「你幹嘛偵測我，你是間諜嗎？」奇的是，接下來幾天，我們同樣每天「順延」一個鐘頭醒過來。還有，兩人雖說不脫巨蟹座的保守，出門在外到底比較放得開，逗笑起來聲氣相通，快樂得很。如果說我們之間有什麼不一致的地方，那就是她很引以爲憾的，我比她不愛買東西。

我不愛買東西的一個原因是怕帶，我的皮箱總是比她的小——去峇里島這回她建議我帶一個拉桿拖箱式的，料不到在機場見面時她又大驚失色，說我難道一定要帶比她小的旅行箱嗎？而既然她的箱子大得多，她便好像有責任要把它塡滿。順便也許因爲不要有失平衡又顯得她比較愛買，總也極力要我共襄盛舉。

美國那趟回來後，因爲發現她的確買到物美價廉的衣服和鞋子，我曾說以後要和她一起買，她歡呼，說那以後我們旅行就完全一致了。不過這回在峇里島的庫塔，閒閒逛商店，我的購物興趣還是不高。直到到了烏布，我才被一整條街門面各有風味的店吸引。尤其到了賣蠟染布 batik 的店，她看到我全神貫注的模樣，居然就在店裡又唱又舞起來。她身上穿的是袖子有點蓬的棉布洋裝，腳上穿的是蕾絲滾邊的棉襪和平底涼鞋；舞蹈的動作又很童趣，簡直像小學生的遊藝節目，可愛極了。接下來幾天，看我對購物比她起勁的時刻，就再跳一次。有時爲了鼓勵我買布或手工藝品，體貼地讓我先挑，甚至願意把她先看上的讓給我——雖然也碰過人家不肯降價，白白「讓」了我的情況。

前面說我們喜歡與在地人或旅人說說話，與帥哥拍照，這個「我們」，她占的比重也許比較大。在西西里島巴勒摩，眞是處處帥哥，總是她慫恿我去徵求人家和我們拍照；要「練英語」，她也要我開個頭。我說你那麼愛說爲什麼不自己去？她說一定要兩個人，才有個緩衝時間想想如何接下去，並把自己的中文思考譯成英語。

我們兩人的英語能力半斤八兩，誰也不用笑誰。有一天我們在「猴園」看了髮型很龐克的猴子們出來，特地去把原先誤拿的日文說明換成英文的。然後例行找一家美美的小店休息，避中午的大太陽；喝一大杯濃濃的酪梨果汁、吹風、仔細瞧瞧峇里樂器甘美朗——當時沒有人演奏。然後無事可做，我們竟然就很用功地合作念完那張猴園的說明。好像我不會的字她也不會，她不懂的字我也不懂——我揶揄她有沒有不懂的假裝懂；因爲我也有不會的字猜過去沒問她。峇里島值得玩十天嗎？出門前朋友們都這麼問；當時我說就玩一次最閒的也不錯。這可不是最閒的？居然兩人像學生一樣念起英文來了。

我們也眞的樂於把出國旅遊的時間視爲可以小小練習英語的時刻。我已三年不開張（沒出國），在峇里島第一天晚上，去她規畫名單中的 Made's Warung 吃印尼飯（什麼納西勾練、納西強迫，我記不得，她卻總會仔細寫在小本子上，配著一張餐館地圖研究、推敲）。那店大概眞的聲名在外，觀光客很多，我們與三個老外共用一張長木桌。她於是眼睛發亮，要我做開場白，開始「練英語」。我無奈地問人家，「Where are you from?」一對夫婦來自澳洲，純旅遊，峇里島好像是他們的後院，很近；三天後就要回去。一個單身漢來自瑞士，商務出差，順便享受峇里島的陽光和水上活動，還要待一個月。然後，兩人的英語用盡，話不知如何接，有點尷尬，傻笑著，眼睛都不曉得放哪兒了。（只能以自己的語言互相耍寶，講啊，這位老兄長得不錯，溫文爾雅啊。）

有趣的是，第五天，從猴園出來讀過英文說明吧，我們的表達能力忽然大有長進——也可能是時勢造「英雄」。那個下午我們逛銀飾店、博物館，然後要去 Bek bek 吃她已預定好的「髒鴨子」（腹中塞作料、烤煮二十四小時的全鴨），卻越走越不像，問了店家，說我們走的是相反的方向；而此地叫不到計程車，走到 Bek bek 抄小路也要三四十分鐘。順便說一句，她的味蕾比我的敏感，所以比我看重吃。吃不到髒鴨子，何等大事，她慌張卻又堅決理智地說一定要攔順風車，即使會碰到什麼意想不到的狀況也管不著了。於是兩個疲累又汗涔涔的女子當街站住，開始做《一夜風流》裡克拉克蓋博伸出大拇指的手勢。

第一次人家飛馳而過，第二次人家做一個動作，才想到我們根本站錯方向，他們是靠左走的。總算第三次，站對了，人家也停下來了。那是一部計程車，峇里島的計程車都是吉普車，乘客是年輕的美國人，在峇里島省會登帕沙做事。幾天下來終於接觸到一個講純正美語的人，我們的舌頭忽然靈光起來，著著實實地練了二十多分鐘的美語。下車後還情緒高昂，為一路上「滴水不漏」、沒有冷場而自鳴得意。甚至人家稱讚我們英文好、問我們是不是在外商公司做事都當了眞；直到冷卻下來，才成熟地說，「人家到台灣來，只要會說你好嗎，我們還不是慷慨地稱讚人家國語講得好。」

最後一天，下午的飛機，我們的個體戶導遊John利用上午的空檔帶我們做臨別的遊覽（第六天，我們也曾請他載我們一路去看銀器、木雕、石雕等藝術品）。他很盡責，帶我們去看不在一般觀光客行程的古蹟寺廟、風景區和民俗活動。他在阿拉斯加遊輪上做過餐廳侍者，回國後在旅行社做過事，見多識廣，又不太有印尼腔，溝通無礙。於是我們知道了他的家庭狀況，知道峇里島有四〇％人口靠觀光維生，知道峇里島諸神之間大略的關係，知道如何去看待地上處處出現的小供品——裝在用椰子樹葉編成的小小容器裡的飯粒、餅乾、一小撮菜。……我們勇於發問，John耐心回答，不清楚的就明說——我們在一家店拿到一本旅遊雜誌《Bali & Beyond》，現買現賣，用來「考」他。有問有答，「古時」讀過的英語忽然紛紛回到舌尖，兩人好好地複習了一番，好像上了一堂內容豐富的課。

我們的結論是，與第十天的程度相比，第一天的英語能力眞是太遜了。可見，這一趟峇里行除了閒閒休假外，差可比擬為「遊學」了。

二〇〇二年十一月七日，中央日報副刊

只要記憶仍在

難得回員林的家，有空陪母親到公園散散步。

早晨八點，做晨運的人走得差不多了，網球場也不見有人賣力揮拍奔跑；只有寥寥幾位上了年紀的女人家在濃密的樹蔭下聊閒天。還有一個沒有雙臂，卻由右肩下直接長著手掌的男人在彈小電子琴，猜想他是當年「泰利多邁」藥物的受害者。

聊天的人群之中有一個是約十年前和母親東征西討看歌仔戲的阿賢阿姨；兩個戲伴跟著根據地在員林的戲班子到田中到彰化看戲，散戲後還相偕搭戲團的便車回鎮上。每說起和皇帝、皇帝娘「坐做夥」，母親就笑得雙眼發光，好像那是看野台戲的一個額外趣味。

那位長母親一歲的阿姨原本極健康，前兩年因爲生了一場病，臉面「萎縮」不少；要不是她招呼，媽一下子還沒認出她。當然，也因母親的視力不好了。

不過，快九十歲的人，還是很用心照顧身體，說她每天一早來運動，員林公園就是她的運動場；還告訴我這種「握筆尾的人」要常常右轉七圈眼球左轉七圈眼球，再定睛看綠葉，「眼睛會比較光」……。

綠葉，這兒多的是。雖然因爲「都市計畫」，員林公園的規模已縮小，有些百年老榕也難逃斧鋸；不過，樹仍是公園的主角。樹以榕爲多，多已年華老大，各有性格、姿態；而交錯遮蔭，是鎮民早晨做體操、炎炎夏日午後納涼「答嘴鼓」開講的好所在。

也是小孩嬉耍的地方。

想當年，連電扇都不是常用品的時代，我們就是在公園裡「自然成長」的。買一枝枝仔冰，邊走邊舔；幾個同學，在樹蔭下的石椅上玩小沙包——一邊唱兒歌一邊玩扔、接沙包的遊戲；拿小石子捶榕樹幹，一小團土吸樹汁，做一個永遠不能用的「橡皮」；赤腳爬樹，如果因此扯破了裙子，就到附近我家胡亂縫好。

我家與公園以一條丈餘寬的河爲界，早年河水清澈，我們從後面小門就可以釣岸邊的青蛙，可以把種在蛇木上的蘭花一一在河水中「泡澆」，也可以在河上兩寸直徑的水管上「走鋼索」。

後來河變窄變臭了，流動的異物不再只是偶一可見的「放水流」的死狗，還有各式垃圾。公園縮小後，河邊的路拓寬，河變成砌上水泥的「溝」，兩岸圍著亮晃晃的不鏽鋼欄杆。看起來是乾淨得多、有秩序得多；可是河與周遭環境的自然風味不見了，更別說什麼水文化了。

幸好，公園中的一方池塘還在——小時候我稱呼它爲湖。一條拱橋連接湖中「小島」；小島上有涼亭、大樹，湖面上則常有睡蓮綻放，很有大戶人家庭園的模樣。

小時候，我和妹妹最愛坐在一枝伸到湖上五、六尺長的木幹上玩耍，即使是冬天，也不在乎撩起裙子，腳丫子在水中拍打。夏日，那更是玩水聽蟬的「特別座」。而每在雨後，我們姊妹會帶畚箕、水桶到湖邊「打漁」，撈得的魚蝦很可以炒煮一碗。有一次還居然在湖的「閘口」圍捕到兩條五顏六色、扁如葉片的魚；旁邊一個大孩子說牠們大概是熱帶魚，反正不能吃也養不活，哄騙了去。過後我懊惱不迭，因爲怎麼形容，都無法讓同學們明白牠們有多稀奇美麗……。

如今，我一向暱稱「小鎮」、其實已有資格升格爲「市」的員林，新社區一直往邊緣拓張，大樓一幢幢蓋起，連鎖商店、KTV、大型婚紗店以及大城市必備的各種商店、行銷活動，一概不缺。而每一條新舊街道，轎車、摩托車川流不息，外加大城裡鮮見的以擴聲器廣告新店開張的車子，早已不是我夢中那個寧靜的小鎮。「小鎮」裡幾乎沒有改變的，大概就是公園裡那方池塘了。

甚至仍有人靜靜地坐在「小島」上垂釣，一如往年。

說到夢，我在台北生活已超過三十年，在這兒工作、結婚、養育孩子；但很有意思的是，好幾次夢中主角即使是丈夫、孩子，背景卻是我成長的那棟「改良式」日式房子。我把他們「移置」到我成長過程中最重要的空間裡了。直到一九九二年，都市計畫，老屋被迫拆除，娘家遷到「東門」，我的夢才與童年、少女時的居處斷了線。

當年，住家前後院都有果樹，龍眼和芒果年年豐收。尤其芒果，是彼時極稀奇的凱德黃色品種，纍纍果實總引得路過的人好奇詢問。

現在看來，父親選擇在那地點落戶實在很有眼光。它既在鎮上要樞，又有巷弄的寧靜。最可貴的是它就在公園邊緣，而橫過公園，是我們七個兄弟姊妹接受啓蒙教育的「員林國小」；公園邊陲有一座圖書館，另外，校地廣、有淳樸「農園」特色的「員林農校」也不遠。我們可以算是在文化區成長了。

員林國小的教室是紅磚老建築，校中栽植最多的是柳樹和鳳凰木，每到夏日，火紅一片，把紅磚建築映得更加幽雅美麗。現在員林國小已遷離中心區，原來的校地變成商業區和高聳的國宅。剛聽說員林國小要拆除時，我憤怒、心痛，想著如何去抗議新鎮長只重商機，沒有文化，不顧慮歷代由這所小學培育出來的員林人的感情；可是一年一年拖著沒遷校，我也不復有「保衛自己往日歲月」的情懷。終於有一天，知道員林的孩子已在新的小學裡讀書，還聽到這樣的指路回話，「就是以前員林國小的地方。」以前！再過不久，「以前員林國小」的話，也會用不上。人要湮沒在歲月中，眾多建築何嘗不一樣要湮沒在挖土機揚起的煙塵中？

圖書館也不知是哪一年不見的。那個老舊的木造建築是我一直「近鄉情怯」的地方，每次回員林，都想去「重溫舊夢」。但孩子稚幼時回去，沒有那份閒情；有一天路過，卻發現「員林圖書館」已變成一幢新式的水泥大樓。不過，最近我卻很遺憾地知道，原來的木造建築在新館成立後，還一直「藏」在它後面，只是身分變成「文化中心」，直到前幾年才改建，成為第二圖書館。

當年那個優雅的圖書館是彰化縣立圖書館員林分館，彰化縣立文化中心成立，員林分館裁撤後，員林有了獨立的「鎮立」圖書館，新大樓、新書。現在前後兩棟圖書館，除供閱覽、借書外，也不時舉辦畫展、演講、電腦夏令營等活動。我還在布告欄上看到「本月發票中獎號碼」。多元社會，圖書館也多元參與鎮民的日常生活。

但是在我心中存在、不肯「退位」的仍是四十年前那個用途單純、小巧的圖書館。那個日據時期名為「武德殿」的老建築。

它與公園那座湖只隔一條馬路，後面是一排日式平房，三面則是大樹。木造建築高出地面約六尺，典雅的屋頂不知是不是日本神社結構。放學後，我和同學們習慣在公園裡捉迷藏、跳房子，只偶爾跑到這頭，把圖書館門前水泥階邊緣當滑梯溜。有一天，我懷著探險精神，躡著腳走上圖書館的木頭地板，小心避過「威嚴大人」的眼光，去翻閱畫報。從此，芝麻開門！我走入了文藝的花園——那時候，很少人家裡有兒童故事書。

上初中後，我有了一張員林圖書館的借書證。我每天借書，從《小婦人》、《小公子》等少年讀物，「進階」到《少年維特的煩惱》、《唐吉訶德》、《咆哮山莊》、《簡愛》等等。日後讓我說起尤其要歡喜得意的是，我居然在那小小的圖書館「發掘」到據說多年不曾離架，已被蛀了不少洞的希臘詩人荷馬的史詩《伊利亞特》和《奧德賽》。這兩冊最早、最偉大的文學作品，如果沒記錯，應該是糜文開翻譯的。後來也借到了米爾頓的《失樂園》、但丁的《神曲》和哥德的《浮士德》。十幾歲的年紀，心思單純，這樣偉大但冗長的作品讓我讀得如癡如醉。

那年頭，一個外鄉人只知有「百果山」和「員林椪柑」的小鎮，竟然有一個藏書豐富的圖書館，眞是異數。當然我也特別幸運，多數人沒有接受到它的養分。

公園裡還有一個文化古蹟，「興賢書院」。

趁母親坐在石墩上與老朋友、老街坊閒聊時，我就近去看看它。

興賢書院在母親口中，仍是古早時候的名字：文昌祠。

文昌祠奉文昌帝君爲主神，配祀關聖帝君、孚佑帝君諸神，還有「倉頡聖人」的牌位。它建於清嘉慶十二年，距今快兩百年了。道光年間粵籍名儒邱海先生曾在這兒設塾執教，由是改名爲「興賢書院」，可算是員林鎮最早的教育設施。據說當時鎮上文風大振。

這個古時候絃歌不輟，有不少廩生、秀才搖頭晃腦賦詩會文的地方，有好長的時間成爲大雜院，兩邊廂房住軍眷，她們在廊下曬衣服，燒煤球煮飯。如今雖已沒有那份景象，房子卻也老舊不堪了。

屋頂、門楣、窗扉、橫梁，都可看出早年木雕師傅的工夫，的確有文化古蹟的價値；可是多年缺乏維修，油漆暗淡、剝落，好像隨時可以朽腐、蛀蝕。連照管文昌祠的老人都明顯地比兩年前老些。那回他還主動對細細觀看的我說祠裡的一點掌故，現在則步履蹣跚，面無表情地擦桌椅。

不過，這個我小時候稱之爲「孔子廟」的地方，顯然還承擔著家有考生的母親的負託。

兩個女人慎重其事地供上准考證，燒香默禱。

我還注意到高懸在屋簷下那個很有年紀的匾「興賢書院」中那個「賢」字很特別，「又」，寫成「忠」。那時候的人認爲忠臣才是賢嗎？

出來時，我再度站在大門前，端詳那個刻有雲龍的石雕御路，想我曾在這小小「斜坡」石雕上又跳又笑，也曾看到小鎮的樂隊在這兒練習吹奏「山川壯麗」。

都是很遙遠時候的事，但是只要記憶仍在，它們也存在；即使樹少了，河小了，或是房子毀損了或乾脆消失了。

一九九八年九月二十四日，中央日報副刊

但願這只是一部災難電影

半夜被一場驚心動魄的地震給震醒，黑暗中聽到鋁窗大聲碰撞，我一時還不知道身在何處。過一剎那，才想到我正在員林哥哥家的三樓。

在台灣長大的人誰沒經歷過地震的洗禮？小時候我也有在廟前空地連睡幾個晚上的記錄；但暗夜中這一場地牛翻身的動作特別強烈，嚇得我不敢多做思考，急忙和妹妹摸黑下樓。還好一樓有自動照明，不至於不辨方向。這時兄嫂姪女、樓下的母親和印尼傭西蒂都醒來，大家集聚在一起，不知如何是好。我說還是留在屋內安全，但緊接的幾個餘震使我們驚慌，又聽到外面的喧嚷聲，催我們出外避難，只好打開門。鄰人說一條巷子兩排房子的人都到附近空地了，叫我們千萬不要冒險。

空地很近，但地勢比巷道低，小斜坡只是隨便鋪兩片蓋房子的板模，泥巴小路上積水處也只鋪舊砧板和磚頭當踩石。平時我們走這個捷徑回家很方便，可是對母親來說它太崎嶇，輪椅也不好下去。有人爲我們照手電筒，有人叫著「歐巴桑用揹的」；有人馬上動手和我們合力把母親和輪椅抬下去，踩在積水裡也不在乎。

那空地不大，邊緣爬了密密的番薯葉。仲秋夜裡的風已有涼意，大家在這一小塊平坦的地上或席地而坐、而躺，或坐在椅子上，一起聽收音機的報導。

從報導中斷斷續續知道那要命的大震在凌晨一時四十七分，地震規模七點三，百年來僅見，震央在南投埔里；台北松山車站附近一棟高樓倒塌，員林也有一棟十六層大樓「富貴名門」倒了。那大樓離哥哥家遠，我沒看過，只聽街坊你一句我一句地說著那大樓是龍邦建設公司起造的，非常堂皇。又有報導說員林公園邊七層的名泰醫院也倒了，有人驚呼那裡邊的患者只怕沒命了，有人說那是診所，晚上沒有人。然後又聽到埔里酒廠爆炸，過一會兒天邊有短暫的亮度，有人猜測那可能就是酒廠的火光。……

沒有畫面，只是聲音的廣播，風一吹就散了，感覺不很眞實。碰到一個講話急促的播音員，還讓人以爲在聽球賽轉播。不到十公尺前一個木料搭成的小亭倒塌時，不少人哄笑，好像看到球員失誤；幸好那只是一個空空的停車位。

幾度感覺到土地的震動，總有人帶頭說「又來了」，然後大家專注地琢磨著它的強度。因爲人不在建築物裡，並不感到害怕。有人還說好像提早過中秋了，只差沒有烤肉。是有點像，厝邊隔壁幾時能這麼「閒閒地」相聚聊天？每年我只回來一兩次，和鄰人不熟；但這會兒，卻感覺到人與人如此接近、如此休戚相關。姪女擁著她的瑪爾吉斯小睡，鄰人則把他的波斯貓藏在籐籃裡。當波斯貓忽然逃出籐籃時，姪女大叫誰趕快把牠抓進去，免得引起一場貓狗的追逐。西蒂說她在印尼的家養有貓，神勇地從旁邊一部轎車下把牠抓回籃子裡。天是黑的，仰頭可以看到明亮的星星，我對姪女說我會看的就只獵戶星座，天上那一排星星應該就是獵人的腰帶。還不時有青蛙齊聲鼓譟，這在我也是很奇特的經驗了。

趁著地震的空檔進屋去跟在不同地方的家人打電話，卻怎麼也打不通，用手機也不成。爲了拿禦寒衣物和上洗手間，又被新一波地動天搖驚得奪門而出。母親坐得不耐煩，一再問幾點了，天怎麼還不亮？急也無用，我跟她說我們很幸運，在地震的前一天，也就是九月二十日辦好了姪女的歸寧宴，如果地震早一天來，喜事就免辦了。想想世事太難逆料，白天我們光鮮亮麗、歡歡喜喜地與眾多親人朋友笑語、敬酒；夜裡的一覺還沒醒來，卻被迫逃難，在仲秋的冷風中坐在空地上。

待了將近四個小時，天亮了，我們才繞遠路把母親推回家。部分馬路有約一寸寬的裂縫，與哥哥家相隔一條巷子的一排三樓透天厝略有傾斜現象；看著都教我們嘆息。

可是後來我去公園，看到名泰診所居然整個趴在馬路上，露出屋頂，才眞忍不住驚嚇。不遠處的古蹟「興賢書院」被夷爲平地，更讓我非常惋惜。去年夏天我才寫了一篇談員林的文章「只要記憶仍在」；其中一個重點就是這個大家習慣叫做「文昌祠」的建築。它建於清嘉慶十二年，距今快兩百年，是員林最早傳出絃歌的地方；如今卻成爲一堆屋瓦和斷裂木料的廢墟。

沒有帶相機，我只能以眼睛仔細地「掃描」，做最後的巡禮，一邊把這個廢墟和去年見到的古蹟原貌比對，一邊不平著爲什麼已近中午了，如此一個重要的文化財卻只草率地以塑膠繩圍起來？門楣、窗扉、梁柱都有唐山老師傅的雕刻，縱使斷裂，也要提防被竊吧？說不定那一塊原先高懸在屋簷下珍貴的「興賢書院」木匾已不見了。

我的不平在當天下午回到台北就消失了。在辦公室可以看到電視，我才知道我的避災經驗多麼微不足道——在空地上的那一段根本是太平盛世，不知人間疾苦。不說南投縣、台中縣嚴重的災情，就是我只從廣播中聽聞的員林富貴名門大樓的實際情況也很悽慘。萬物之靈在這種天災下都如此無助，區區一個本來就缺少維修、油漆剝落、隨時可以腐蝕的古蹟又如何？碰到性命攸關的災難時，人的欲望已降至最低，身外物根本毫無意義；只要平安，能做最尋常無趣的事都會視爲無上的福分。

如此一場災難會改變很多人的一生，我不知道那些不幸家破人亡的倖存者要怎樣面對未來？這兩天看電視讀報紙，眼淚不斷，總疑惑著在遙遠的土耳其的災難怎麼也在台灣發生了？有時恍惚中，彷彿自己是在看一部災難電影，又多麼希望這眞的只是一部災難片啊！

一九九九年十月五日，自由時報副刊

空氣中已飄著茶葉香

誰能想像高聳的山壁瞬間會攔腰斷裂，排山倒海的土方傾洩而下將低窪的溪谷覆蓋、填高？誰能想像一整排透天厝或一幢幢巨人般矗立的大樓會瞬間轟然倒塌？誰能想像鄉間小道、四合院前的稻埕會瞬間隆起或陷下地面達一層樓的高（深）度？……而且這麼大規模的破壞是在同一瞬間完成的！

在大自然的威力之下，人是多麼渺小無助！唯一讓人得到安慰的是大自然的無情「震」出台灣人相濡以沫的情感共鳴，和高貴不凡的本質。這兒我能說的只是其中一小部分：

她，二十三歲，十一年前，員林鎮華成市場大火，父母和三名手足葬身火窟，讀僑信小學六年級的她成爲孤兒，靠阿公和叔叔扶養長大。現在她在一家工廠上班，收入並不多，卻把當年各界捐給她的一百萬元加上多年來的六十萬利息全部捐出。其中一半做爲自己小學母校學生在這次震災中的急難救助金。

她，七十三歲，低收入獨居老婦，三十年前，因子女過多，租屋被拒，一家九口只能勉強「窩」在高雄市一座抽水馬達的工寮裡。有一夜，她送飯給在外做工的丈夫，一把火卻奪走她七名沉睡中的稚齡兒女。火災後她幾乎崩潰，憑著社會救濟，和老伴度過悽苦的日子。幾年前老伴過世，她堅強地生存，當清潔工維生，也回饋社會。地震後，她把畢生積蓄一百萬元捐出賑災。她說她很能體會突然失去家人、心肝撕裂的艱苦。「這些錢大部分是當年社會善心人送給我的，今天，我再拿出來送人、救人。」

他，南投竹山分局瑞竹派出所一名警員，雲林老家有二十七人在災變中罹難，包括母親、哥哥、嫂嫂、弟弟和弟媳。但是他來不及悲痛，也藉工作來抗拒悲痛；不眠不休地與救援人員搶救了竹山鎮平頂里一百八十多戶共八百多人。他安慰自己，「我救的人比我失去的親人還多，今後我會將這些幸運活下來的村民當做我的親人。」

他，台中縣挖推土機操作員職業工會創會會長，也是肝癌末期病人，目前癌細胞已蔓延到心臟部位，正要開第五次刀。地震次日他離開醫院，趕到「東勢王朝」大樓指揮重機隊夥件救災，每天只睡兩個小時，靠意志力讓自己不要昏到。談到家人非常擔心他的病情，他含淚說，兄弟們都投入救災，自己在醫院裡無法忍受；自己的生命或許不是很長，但寧願像顆流星，燃燒自己，照亮更多人。

他，住在南投，早已改行不做建築，災後第二天，卻急忙去觀察民國七十七年到七十九年間自己建造、出售的七棟相連的透天厝。看到騎樓梁柱扭曲，房子被鑑定爲危樓，直說：「怎麼會這樣？怎麼會這樣！」他連繫所有住戶，主動表示要負起道義責任；每戶補償五十萬元，讓受災戶安家。只是一時拿不出那麼多錢，希望能夠分十八期按月支付。日前受災戶已拿到第一期款二萬四千元現金，和此後十七期每月二萬八千元的支票。大地震，從台北、新莊到台中、東勢、員林、斗六，不少大樓傾斜、倒塌，有人葬身瓦礫堆中，有更多的人從此沒有了遮蔽風雨的家，畢生心血泡湯。眾多建商避不見面，他卻不管房子已蓋了十多年、接近斷層、鄰近房屋或是傾圮或是乾脆全毀，也不管受災戶根本沒有把念頭轉到他這個建商身上，自動要爲自己的建築負責。如此「傻子」，自然讓意外得到一筆錢和溫情的受災戶，非常「感心」。

他，航空公司董事長，多日與旗下直升機深入中橫公路沿線救災。災難發生，國內外媒體爲了採訪和從空中拍攝災區畫面，捧著現金去拜託直升機業者，部分業者因此扎扎實實賺進大筆現金；但是他的直升機隊義務接送記者、運送救濟物資和傷患。他說，「救災不是做生意。」目睹現場慘況，聞到空氣中彌漫的屍臭，他眞正體會到災民的苦痛。他說，「災區走一遍，人生觀會徹底改變！」

他，雖然兒子、懷有身孕的女兒和女婿罹難，太太傷重住院，卻忙著投入一貫道在各災區的救災工作，運補物資，安置道親，把自己營造公司所有的怪手機具出借救人，還將以喪生親人的名義成立基金會，從事平復社會心靈創傷的工作。「我相信這是上天的安排，如果我家犧牲的生命可以換來大家的平安，把小愛換成大愛，更多悲傷的心靈就能撫平。」宗教給他力量，他希望以自己親身經歷的痛苦幫助其他受難者堅強站起來。「生活總要過下去，以前先民和大自然搏鬥，活得比我們更艱辛。孔子和我們凡人一樣，也要忍受喪子之痛。」

讀著這些新聞，「看著」這些人，我都感動得淚潸潸。發生這種天災，誰能不哭？初始的淚，是因爲看到那麼多傷亡的慘狀、罹難家屬的慟、災民的處境，也哭天地不仁；其間只有幾次是因爲看到有人奇蹟被救出，喜極而流淚。後來的淚，卻是因爲感受到這麼多的愛，發現台灣人高貴不凡的本質。平時我們不都批判台灣人心敗壞，自私、功利、貪婪、痲木？

而九二一集集大地震，震出了台灣人的大愛，慈濟委員在最短的時間內趕到災區救助災民，人人都是「活菩薩」；二十多個國家的救難人員帶著精良的探測儀器和受過專業訓練的狗在倒塌的大樓裡冒險搜尋活口，讓大家見識了什麼叫做「人道關懷」；年輕的阿兵哥全力投入救災工作，甚至要幫忙抬送一具具罹難者的屍體，其中不少四肢不全面目全非，或者只是「屍塊」！他們才幾歲？他們哪裡不怕？

還有很多團體或個人，不管是大企業家還是饅頭小販，不管是老榮民還是學子、家庭主婦，都付出愛心加入救災工作。他們或者捐獻礦泉水、貨櫃屋，或者為災民分食物、煮飯、搭帳篷，或者捲起袖子捐血，或者只是陪著罹難者家屬哭。這麼大規模的、完全只求有機會付出的行為，令人感動，感謝。這些我們都要記住，它是台灣的生命力，也會是日後一分珍貴的民族集體記憶，讓我們一代一代可以活得堅強，活得有尊嚴有信心。

「日子總還要過」，最悲慘的日子已過去，現在我的感動是看到很多災民自立自強。

埔里台糖一處工廠的停車場是一千八百人臨時的家。大部分災民收容站缺乏秩序，但是這兒因為有人出面協調，帳篷以停車格為界紮營，一排排井然有序，每位災民都登記造冊，甚至每戶都有了門牌。他們知道要重建，得先讓自己的生活有秩序；外界支援有限，要過一個較為像樣的生活，必須靠自己。收容站規定晚上十點至凌晨五點之間禁止車輛進入，災民不准賭博、喝酒，米糧物資發放都經過管制，沒有人囤積。災後第十天，他們已有心理輔導講座。

中寮鄉死傷慘重，災變後一周，大家餘悸尚存，永平村一名村婦則已開始整理收購回來的檳榔粒，分類打包，要分送到外縣市做生意。她說：「這幾天都吃著別人準備好的食物，拿免費的援助品，而我的房子又沒有倒，吃多拿多實在很不好意思，還是自己趕快賺錢要緊。」

同一時間，鹿谷空曠地區也四處可見暫時安家的帳篷，大家仍活在地震的驚懼中；有的人有土地權狀，卻沒有了土地。但是有些製茶廠的機器已開始運轉，茶農說：「靠人救濟是短暫的，日子要過久久長長。」很多人已迫不及待去採秋茶，再不採會影響冬茶的生長；無法抽出人力採茶的人家，只好忍痛以剷茶機將秋茶剷光，把希望寄託在冬茶。鹿谷三年前才歷經賀伯颱風浩劫，這回又遭地震肆虐，家園被震得「離離落落」；來不及整頓，先處理茶比較重要。鄉長太太說：「你仔細聞聞，空氣中已飄著茶葉香。」

「空氣中已飄著茶葉香」，這句話讓我的淚有不同的「味道」。台灣人多麼善良，多麼有韌性，被老天幾度欺負，卻也不怨，只知道好好做自己該當做的事。從這次災難，我們發現台灣人不見得只是消極的宿命，倒好像是天生的哲學家。

報上說九二一之後十多天以來，台灣已有一萬一千多次的餘震；可我只感受到這些愛心的、善良的、堅強的、高貴的「有感餘震」。大災變中不是沒有負面的人性表現，不過瑕不掩瑜；災民的心理創傷也要三五年甚至更長的時間才能平復。可是在板塊擠壓的嚴苛試煉之下，既然台灣人能釋出這麼多愛的能量，老天總該還我們一個公道，讓我們很快可以走出地震的陰影，安安心心地享受茶香。

一九九九年十月二十五日，世界日報副刊

劉靜娟作品目錄

1.《追尋》（小說與散文） 幼獅，一九六五年
2.《載走的和載不走的》（散文） 文星，一九六六年
3.《響自小徑那頭》（散文） 大地，一九七〇年
4.《心底有根絃》（散文） 大地，一九七五年
5.《歲月就像一個球》（散文） 爾雅，一九八〇年
6.《眼眸深處》（散文） 大地，一九八〇年
7.《解語花》（散文） 新生報，一九八一年

8. 《笑聲如歌》（散文） 九歌，一九八二年
9. 《因爲愛》（散文） 九歌，一九八五年
10. 《逆風而上》（散文） 九歌，一九九二年
11. 《咱們公開來偷聽》（散文） 九歌，一九九三年
12. 《成熟備忘錄》（散文） 健行，一九九四年
13. 《采集陽光和閒情》（散文） 麥田，一九九五年
14. 《老鼠走路》（散文） 彰化縣立文化中心，一九九六年
15. 《被一隻狗撿到》（散文） 九歌，一九九八年
16. 《智慧市的糊塗市民》（童話） 三民，二〇〇〇年
17. 《屋頂上的祕密》（童話） 三民，二〇〇〇年

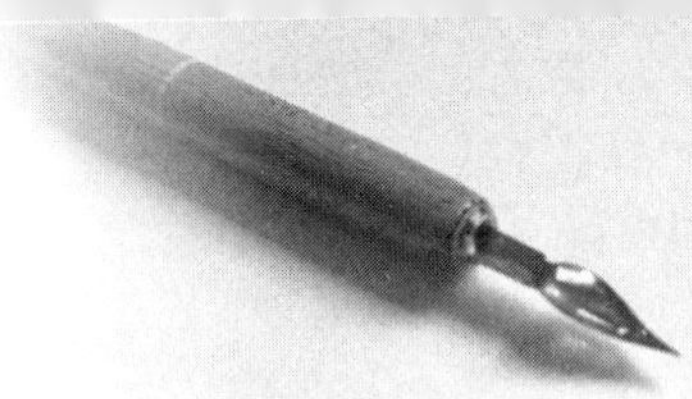

INK PUBLISHING

印刻

深耕文學與生活

劃撥帳號：19000691　成陽出版股份有限公司　掛號另加 20 元
本書目所列定價如與版權頁有異，以各書版權頁定價為準

文學叢書

1.	吹薩克斯風的革命者	楊　照著	260 元
2.	魔術時刻	蘇偉貞著	220 元
3.	尋找上海	王安憶著	220 元
4.	蟬	林懷民著	220 元
5.	鳥人一族	張國立著	200 元
6.	蘑菇七種	張　煒著	240 元
7.	鞍與筆的影子	張承志著	280 元
8.	悠悠家園	韓・黃晢暎著／陳寧寧譯	450 元
9.	想我眷村的兄弟們	朱天心著	220 元
10.	古都	朱天心著	240 元
11.	藤纏樹	藍博洲著	460 元
12.	龔鵬程四十自述	龔鵬程著	300 元
13.	魚和牠的自行車	陳丹燕著	220 元
14.	椿哥	平　路著	150 元
15.	何日君再來	平　路著	240 元
16.	唐諾推理小說導讀選 I	唐　諾著	240 元
17.	唐諾推理小說導讀選 II	唐　諾著	260 元
18.	我的 N 種生活	葛紅兵著	240 元
19.	普世戀歌	宋澤萊著	260 元
20.	紐約眼	劉大任著	260 元
21.	小說家的 13 堂課	王安憶著	280 元
22.	憂鬱的田園	曹文軒著	200 元
23.	王考	童偉格著	200 元
24.	藍眼睛	林文義著	280 元
25.	遠河遠山	張　煒著	200 元
26.	迷蝶	廖咸浩著	260 元
27.	美麗新世紀	廖咸浩著	220 元
28.	台灣原住民族漢語文學選集—詩歌卷	孫大川主編	220 元
29.	台灣原住民族漢語文學選集—散文卷（上）	孫大川主編	200 元

30.	台灣原住民族漢語文學選集──散文卷（下）	孫大川主編	200 元
31.	台灣原住民族漢語文學選集──小說卷（上）	孫大川主編	300 元
32.	台灣原住民族漢語文學選集──小說卷（下）	孫大川主編	300 元
33.	台灣原住民族漢語文學選集──評論卷（上）	孫大川主編	300 元
34.	台灣原住民族漢語文學選集──評論卷（下）	孫大川主編	300 元
35.	長袍春秋──李敖的文字世界	曾遊娜、吳創合著	280 元
36.	天機	履　彊著	220 元
37.	究極無賴	成英姝著	200 元
38.	遠方	駱以軍著	290 元
39.	學飛的盟盟	朱天心著	240 元
40.	加羅林魚木花開	沈花末著	200 元
41.	最後文告	郭　箏著	180 元
42.	好個翹課天	郭　箏著	200 元
43.	空望	劉大任著	260 元
44.	醜行或浪漫	張　煒著	300 元
45.	出走	施逢雨著	400 元
46.	夜夜夜麻一二	紀蔚然著	180 元
47.	桃之夭夭	王安憶著	200 元
48.	蒙面叢林	吳音寧、馬訶士著	280 元
49.	甕中人	伊格言著	230 元
50.	橋上的孩子	陳　雪著	200 元
51.	獵人們	朱天心著	即將出版
52.	異議分子	龔鵬程著	380 元
53.	布衣生活	劉靜娟著	230 元
54.	玫瑰阿修羅	林俊穎著	200 元

POINT

1.	海洋遊俠──台灣尾的鯨豚	廖鴻基著	240 元
2.	追巴黎的女人	蔡淑玲著	200 元
3.	52 個星期天	黃明堅著	220 元
4.	娶太太，還是韓國人為好！?	日・篠原 令著／李芳譯	200 元
5.	向某些自己道別	陳樂融著	220 元
6.	從麻將桌到柏克萊	王莉民、劉無雙合著	200 元
7.	星雲與你談心	星雲口述／鄭羽書筆記	220 元
8.	漂島	廖鴻基著	240 元
9.	那多三國事件簿之桃園三結義	那　多著	180 元
10.	那多三國事件簿之曹操登場	那　多著	180 元

INK PUBLISHING 文學叢書 053

布衣生活

作　　者　劉靜娟
總 編 輯　初安民
責任編輯　高慧瑩
美術編輯　許秋山
校　　對　高慧瑩　劉靜娟

發 行 人　張書銘
出　　版　INK 印刻出版有限公司
台北縣中和市中正路 800 號 13 樓之 3
電話：02-22281626
傳真：02-22281598
e-mail:ink.book@msa.hinet.net
法律顧問　漢全國際法律事務所
林春金律師

總 經 銷　成陽出版股份有限公司
訂購電話：03-3589000
訂購傳真：03-3581688
http://www.sudu.cc
郵政劃撥　19000691 成陽出版股份有限公司
印　　刷　海王印刷事業股份有限公司

出版日期　2004 年 5 月 初版
ISBN 986-7810-91-0
定價　230 元

國家圖書館出版品預行編目資料

布衣生活／劉靜娟 著.
--初版，--臺北縣中和市：INK 印刻，
2004〔民 93〕面；　公分（文學叢書；53）

ISBN 986-7810-91-0（平裝）

855　　93004621

K INK INK INK INK INK INK IN
INK INK INK INK INK INK INK
K INK INK INK INK INK INK IN
INK INK INK INK INK INK INK
K INK INK INK INK INK INK IN
INK INK INK INK INK INK INK
K INK INK INK INK INK INK IN
INK INK INK INK INK INK INK
K INK INK INK INK INK INK IN
INK INK INK INK INK INK INK
K INK INK INK INK INK INK IN
INK INK INK INK INK INK INK
K INK INK INK INK INK INK IN
INK INK INK INK INK INK INK
K INK INK INK INK INK INK IN
INK INK INK INK INK INK INK
K INK INK INK INK INK INK IN
INK INK INK INK INK INK INK
K INK INK INK INK INK INK IN
INK INK INK INK INK INK INK
K INK INK INK INK INK INK IN
INK INK INK INK INK INK INK
K INK INK INK INK INK INK IN
INK INK INK INK INK INK INK
K INK INK INK INK INK INK IN
INK INK INK INK INK INK INK
K INK INK INK INK INK INK IN

K INK INK INK INK INK INK IN
INK INK INK INK INK INK INK
K INK INK INK INK INK INK IN
INK INK INK INK INK INK INK
K INK INK INK INK INK INK IN
INK INK INK INK INK INK INK
K INK INK INK INK INK INK IN
INK INK INK INK INK INK INK
K INK INK INK INK INK INK IN
INK INK INK INK INK INK INK
K INK INK INK INK INK INK IN
INK INK INK INK INK INK INK
K INK INK INK INK INK INK IN
INK INK INK INK INK INK INK
K INK INK INK INK INK INK IN
INK INK INK INK INK INK INK
K INK INK INK INK INK INK IN
INK INK INK INK INK INK INK
K INK INK INK INK INK INK IN
INK INK INK INK INK INK INK
K INK INK INK INK INK INK IN
INK INK INK INK INK INK INK
K INK INK INK INK INK INK IN
INK INK INK INK INK INK INK
K INK INK INK INK INK INK IN
INK INK INK INK INK INK INK
K INK INK INK INK INK INK IN